転生少女、運の良さだけで生き抜きます！

登場人物紹介
ユキ
ミナが異世界で出会った少女。冒険者たちに白銀の君と呼ばれている。
ミナ
女神様によって異世界に転生させられた元日本人の女子高生。いつも前向きな、とんでもない幸運の持ち主。

ダキア
先輩冒険者。
厳つくて恐い
大男だけど、
ミナを気にかけて
くれている。
アリソン
先輩冒険者。
いつも
ニコニコした
お姉さん。
クロウ
クラン《黒鉄《くろがね》の刃《やいば》》の
リーダー。
ミナの幸運を
頼りたい事情が
あるようで……？
イクス
ギルドの職員。
穏やかで
優しいお兄さん。
ルーティア
見た目は
エルフの幼女だが
実は有能で強い
ギルドマスター。

1　転生

気がつくと真っ白な部屋にいた。ここはどこだろう？　本当に何もない白一色の部屋。いや、よく見れば壁はない。空間と言うのが正しいのだろう。

そんな事より私はどうなっちゃったの？　記憶を辿ってみる。

私は佐伯美奈《さえきみな》。十五歳の高校一年生で、お祖母《ばあ》ちゃんが入院している病院へお見舞いに行って——

「えっと、何があったんだっけ？」

「残念ながら貴女《あなた》は死んでしまいました」

突然声がした。周りを見回しても人はいない。

「私はここです」

そう聞こえてすぐ私の目の前に女性が現れる。長いブロンドヘアで真っ白なローブみたいなものを着た二十歳くらいの美女。ハリウッド女優のような人だ。

「すっごい美人さんだー」

「ふふ。ありがとうございます」

現れた美人さんは神様で、私が災害に巻き込まれて十五歳の若さで命を落とした事、その際に勇気ある行動でその場にいた沢山の人を救ったため、地球ではない他の世界に転生させてもらえる事——その世界は剣と魔法のファンタジー世界で、死の直前の記憶がないのは後悔を残さないための措置《そち》である事を教えてくれた。

「まず体を創造しましょう」

女神様がそう言って手をかざすと、私の体が整えられていく。

「生前の貴女《あなた》の体を真似《まね》て作りました。転生先の世界では髪の色が黒だと目立ちますので茶色に、目の色も比較的多い茶色にしました。他に要望はありますか？」

生前よりも身長は少し低いが、体型がかなりスリムになっている。足も長く、日本人の体型ではないようだ。髪はショートボブで艶《つや》やかだった。

「凄く可愛くなってる！　こんなに良くしてもらったら要望なんてありませんよ！」

「ふふ、欲のない方ですね。では容姿はこのように。皆に好かれるおまじないもしておきましょう」

女神様の手からキラキラと光がこぼれ落ち、私の体に入っていく。

「さて、次はステータスです。貴女《あなた》はこれから一人で生きていくのですから強くしておきましょう」

「え、いらないですよ」

「はい？」

「強くしていただかなくて大丈夫です。普通にしてください」

「しかし、これから行く世界は貴女《あなた》が元いた世界よりも文明が発達していなくて、魔物も住んでいます。危険なのですよ」

心配そうに首を傾げる女神様。

「こんなに良くしてもらったら十分ですよ。あ、でも何もわからないのも不安なので、読み書きと、その世界の常識くらいは教えてほしいです」

「そちらは初めから備えておきますのでご安心ください。あと、一人になっても大丈夫なように最低限のお金や衣服、装備などもご用意させていただきますね」

「何から何までありがとうございます」

「他に何かありませんか？」

優しく微笑みながら女神様が聞いてくる。何かお願いした方がいいんだよね。

「んーそうですねぇ、じゃあ運を良くしてください。私、昔からツイてないってよく言われていて。ダメでしょうか？」

「勿論大丈夫です。しかし、本当に欲のない方ですね」

「せっかく異世界に転生させてもらえるなら地道に生きるのもいいかなって思いまして。あ……」

「どうしました？」

「要望になっちゃうのかな？　生前の私の家族がいると思うのですが、私が死んじゃった事で悲しんでいたりしないかな〜って」

「わかりました。貴女《あなた》を失った悲しみを少しでも和《やわ》らげられるように私が見守っておきましょう」

「ありがとうございます！」

「それでは地上に転送します。ようこそ新しい世界――アスティアへ。女神アウレリアは貴女《あなた》を歓迎します」

女神様がそう言って手をかざすと、周りが光に包まれて私の意識は遠のいていった。


光が溢《あふ》れ、大きな音がした。鳥のさえずる声。馬の蹄《ひづめ》の軽快な音。車輪の音。そして緑の匂い。

目を開けるとそこには森が広がっていた。舗装《ほそう》されてない道が左右に伸びている。私は木陰に座っていた。

「本当に来たんだ！　異世界！」

澄《す》んだ空気が気持ちいい！　っと、浮かれている場合じゃないよね。まずは状況確認を。

わっ、なんか目の前にステータスみたいなのが出た！　そこには名前、性別、種族、年齢、職業と自分の身体能力が数値化されたものが表示されている。一つずつ確認していこう。

名前はミナになっている。名字はない。この世界では名字がないのが普通なのかな？

[名字を持つのは貴族や名家の者に限られます]

頭の中に声が響く。何だろう？

[私はミナをサポートするための機能です。ステータスの中にギフトという項目がありまして、そこにヘルプ機能というものがあります。それが私です]

そうなんだ！　わからない事を教えてくれる機能なんだね！　ありがとう女神様！

では確認の続きを。種族は人間、性別は女と。年齢は十三歳になっている。少し若くなっているけどなんでだろう？

日本人は海外の人に比べて若く見えるから、見た目で調整されたのかな？

ヘルプさんに聞いたら、この世界の成人は大体十五歳らしい。職業は今のところなしだし、成人で無職はイタいと思われるだろうという女神様の配慮かも。優しいなぁ。

早く何か仕事を見つけないといけない。十三歳で身元がわからない私が就《つ》ける仕事ってあるのかな？　普通に考えたら街の中でアルバイトみたいな仕事から始めるべき？

将来の夢とか考えたのは、つい最近だったっけ。お祖母《ばあ》ちゃんが入院して、その時に看護師さんが凄く親切で丁寧だったのを見て、私も人を支えられる職業に就《つ》きたいと思っていた。特に医療系の職業を意識して救命講習とか受けてみたりもした。でもこの世界の医療と地球の医療では形態も違うだろうし、この際だからこの世界にしかない職業に就《つ》いてみたい。

そんな事を考えていたら、この世界の一般的な職業が羅列された。流石《さすが》は剣と魔法のファンタジー世界。冒険者という職業があった。依頼を受けて困っている人のために働いたりするらしい。

よし！　冒険者になってみよう！　これなら自分の力だけでやっていけるだろうから、家柄とか関係ないよね。

そうと決めたら確認を続けよう。レベルは一。

続いてステータス。まずは——筋力、耐久力、敏捷《びんしょう》、知力、幸運、魅力の六項目。筋力から知力までは全て十二、魅力は高くて六十。幸運がなんか凄い事になっていた。

百と書いてある横にカッコがついていて、その中は六万五千五百三十五になっている。カッコ内が本当の数値で、女神さまが秘匿《ひとく》してくれているそう。

生命力、精神力、気力以外は百が上限らしい。都度ヘルプさんが教えてくれた。超便利！

私の生命力は十二、精神力が八、気力が十。生命力はダメージを受けると減っていって、零になると死んでしまうらしく、精神力は魔法を使うと消費して、零《ぜろ》になると気絶。気力は武技《アーツ》という必殺技みたいなものを使うと消費して、零《ぜろ》になると気絶する。実際、どれだけの痛みが数値上いくらのダメージになるかよくわからない。精神力と気力に至っては地球で消費のしようのないものだから尚更だ。まあそれは追々《おいおい》わかるようになればいい事かな。

あとはギフトの項目。私が持っているギフトは鑑定、アイテムボックス（インベントリ）、ヘルプ機能となっている。鑑定は今、自分のステータスを見るために使用している技能らしい。アイテムボックスっていうのはあれだよね。別の空間に物をしまっておけるという便利技能だ。カッコ内のインベントリはその上位互換で、アイテムボックスに重量制限とか時間経過が一切ないのだとか。凄いギフトをありがとう、女神様！　っと、脱線しちゃった。

次は装備の確認だよね。ショートソードは攻撃力が七で秘匿《ひとく》効果に非破壊属性、重量軽減、所持者固定と書いてある。

レザーブレストアーマーは防御力が三で秘匿《ひとく》効果に非破壊属性、重量軽減、所持者固定、自動調整と書いてあった。壊れないの？　凄くない？　重量軽減は所持者以外には作動しないみたい。

自動調整はサイズの事らしい。育ち盛りだもんね。……育つよね？

秘匿《ひとく》効果がついていると、他人に鑑定されても普通の装備に見えるようになるのだとか。

服装は七分袖のシャツにショートパンツ、ニーハイのソックスにブーツで、背中に小さなバックパック。中には何かの革で出来た水筒に硬く焼いたパンと干し肉、着替えの服に下着にタオル、あと石鹸《せっけん》も入っている。インベントリ内にお金も発見した。ええと、いちじゅうひゃく――

一億レクス？　えっと、通貨の価値は円とほぼ同じ？　貰いすぎじゃないかな？

ま、まあ初めは使わせてもらうとして、なるべく自分で稼《かせ》いだお金を使うようにしよう。

「さてさて、まずは街に行ってみようかな」

左の方を見ると、遠くに壁みたいなものが見える。あそこが街かな？

早速行ってみよう！　体は軽く、とても歩きやすい。森の中を真っすぐ伸びる道を、壁に向かって胸を弾ませて歩いた。


「着いたー！」

歩き始めて三十分、ようやく壁の前に着いた。おそらくこの内側が街なんだろう。近くには大きな木の門があり、警備の人が何人も立っていた。どうやら一人ずつ調べられるらしい。

馬車で来ている人は積荷の確認までされている。とりあえず審査の列に並んでみた。

「次！　なんだ、お嬢ちゃん一人か？」

「は、はい！　えっと、冒険者になりにきました！」

イカつい顔のおじさんだ。ちょっと怖いかも。

「一応荷物のチェックを。身分証はあるか？」

「ないです。ないと街に入れないのですか？」

「いや、仮証《かりしょう》を発行するから大丈夫だ。発行に千レクスかかるがいいか？」

リュックの中を確認しながら聞いてくるおじさん。まあ、チラ見程度なんだけど。

「お金はあります！　お願いします！」

「わかった。この仮証《かりしょう》は七日間しか使えない。期限が切れると、街にいる場合は逮捕されて罰金を支払うまで解放されないんだ。支払いが不可能だと判断された場合は奴隷《どれい》に落とされる。気をつけるように」

そんな事で奴隷《どれい》にされちゃうんだ。奴隷《どれい》って現代の日本じゃ考えられないけど、無給で労働させられるんだよね？　気をつけよう。

おじさんは一通りの説明をすると名刺サイズの銅板をくれた。こちらの言語で仮証《かりしょう》と刻まれていて、日付も記載されている。

「ありがとうございます！」

「おう、気をつけてな。冒険者登録をすれば身分証が発行される。そしたら、いつでもいいから仮《かり》証《しょう》を返しに来るんだぞ」

ぺこりと頭を下げたらゴツゴツした手で頭を撫《な》でられた。顔は怖いけど、いい人なんだね。

「はい！」と返事をしてニッコリ微笑むと、イカつい顔が少しだけ緩《ゆる》む。

そういうわけで私は無事に街に入る事が出来た。

門をくぐるとそこはヨーロッパ風の街並みが広がっていた。

石畳《いしだたみ》の大通りにレンガ造りの建物や木造の建物が、区画に沿って綺麗に並んでいる。もっと地味な建物が多いのだろうと想像していたのだけど、屋根の色も赤や青、黄色とカラフルだ。大通りは人と荷馬車などの往来が激しく、賑やかさに驚かされた。

また、大通りには色んなところに屋台のようなお店があり、美味《おい》しそうな匂いもしている。ついつい屋台に寄ってしまう。

「らっしゃい！　フォレストボアの串焼きだよ！　一本百レクス、美味《おい》しいよ！」

「一本ください！」

「あいよ！」

人懐《ひとなつ》っこい笑顔のおじさんから串焼きを貰い、ポケットからお金を出すフリをしてインベントリのお金を出す。ついでに冒険者ギルドの場所も聞いておいた。

受け取ったアツアツの串焼きを食べながらギルドの方へ向かう。串焼きはかなり大きくて食べ応《ごた》えは抜群《ばつぐん》！　タレが甘辛くてとっても美味《おい》しかった！　串はポイ捨てしちゃいけないのでコッソリとインベントリにしまっておいた。

「ここかな？」

大通りから少し入ったところにその建物はあった。両開きの頑丈そうなドアは開け放たれていて、まだお昼なのに入る前からお酒くさい。

中を覗くと、入ってすぐの場所は酒場のようになっていて、男の人四人がテーブルを囲んで酒を飲んでいた。

年季の入った革の鎧《よろい》を着て、剣や槍などの武器が側に立てかけてある。あの人達、冒険者だよね？

他のテーブルでは男の人二人、女の人二人で食事を取っている。こちらも金属の鎧《よろい》やローブを着込んだ冒険者風だ。いかにも冒険者の溜まり場って感じ！　なんかワクワクしてきた！

奥にはカウンターがあり、受付の人が四人。それぞれの前に列が出来ている。あそこで冒険者登録をしてくれるのかな？　とりあえず並んでみる。

「こんにちは！　冒険者になりたいんですけど」

私の番になった。カウンターは結構高くて、私の肩くらいまであって話し辛い。子供だと冒険者になれないかもと不安で、手をカウンターにかけてちょっと背伸びをしながら話をする。

「いらっしゃい。お嬢さんが冒険者になりたいのかい？」

受付は金髪の優しそうなお兄さんだった。穏やかに微笑んで応対してくれる。

「はい！　ダメ、ですか？」

「大丈夫だよ。冒険者登録に年齢制限はないからね。手続きをするけど字は書けるかな？」

「大丈夫です」

優しく受け答えしてくれたお兄さんが、登録用紙をカウンターに置く。

ペンを取って名前、年齢など必要事項を書き込んだ。

「最後にステータスの確認だよ」

平べったいツルツルの石板がカウンターに置かれた。手を乗せればいいらしい。

手を置くと、ステータスが表示される。

「幸運、百⁉」

お兄さんが声を上げ、フロアにいるほぼ全員がこちらを見た。うわぁ、視線が痛い。

「し、失礼」

お兄さんが咳払いをしてそう告げると、こちらに集まっていた視線が戻っていく。

「ごめんごめん。それに、鑑定にアイテムボックスのギフト持ちか、凄いな」

お兄さんは息を呑んだあと、驚いたように言う。私が首を傾げていると説明してくれた。

「いいかい、鑑定もアイテムボックスも重宝《ちょうほう》される能力なんだ。二つとも持っているのはとても珍しい。あまり口外しない方がいいね。でも、それを公表してお金を稼《かせ》ぐ事も出来る」

私は普通に冒険者生活をしたいので、「内緒にしておいてください」と伝えておく。

「わかった。もしも君の能力が原因でトラブルに巻き込まれたら、冒険者ギルドが守ってあげるからね。すぐここに来るんだよ」

「ありがとうございます！」

出会う人が優しい人ばかりで涙が出そうだよ。

ほどなくして、街の入り口で渡されたものとほぼ同じ銅板を渡された。

「これが冒険者の証《あかし》だよ。街に入る時の身分証になる。再発行には一万レクスかかるから、なくさないようにね。端っこに空《あ》いている穴に紐を通して首にかけておくといいよ」

銅板にはエリスト冒険者ギルド所属と書かれており、私の名前と性別、年齢が記載されている。

「改めてようこそ、エリスト冒険者ギルドへ。今日から君も一員だよ。ヨロシクね」

「はい！　よろしくお願いします！」

カウンター越しに握手を交わした。お兄さんは身を乗り出して私が握手しやすいように気を遣ってくれている。気配りの出来る優しい人だ。

「冒険者について説明を受けるかい？」

「いえ、大丈夫です！」

ヘルプさんに頼っちゃおう。

えーと、冒険者は下から、銅、鉄、銀、白銀《はくぎん》、金、白金、ミスリル、オリハルコンというランクに分かれていて、ギルドへの貢献度によって昇格があり、一年間仕事をしなければ冒険者登録を抹消《まっしょう》される。ランクはアルファベットでも表す事があり、オリハルコンはS、ミスリルから順番にA～Gになっている。つまり私はGランク冒険者という事だ。

「宿は決まっているのかな？」

「今日街に来たばかりなので、まだなんですよ。どこかオススメはありますか？」

お兄さんは大通りにほど近い、そこそこの安さの宿屋を紹介してくれた。

女性も多く利用する信用出来るところらしい。

「依頼はそこの壁に貼り出してあるからね」

「ありがとうございます！　早速見てきますね」

ぺこりとお辞儀をして依頼を見にいく。

結構人がいて、私も見られるようになるまでは時間がかかりそうだ。まぁ、急いでいるわけじゃないし全然いいんだけど、周りの視線が痛い気がする。場違いなのかな？　ちょっと居心地が悪い。

前の人が退《ど》いてくれたので気を取り直して依頼書を見る。

えーと、Gランク冒険者の受けられる依頼は、森にいるスライムの討伐《とうばつ》と薬草の採取だ。どちらも常設依頼で、持ってきた分だけ買い取ってくれるそう。

スライムはコアがあるのでそれを持ってくればいいとか。宿を確保したら早速やってみよう！

他に掲示されているのはパーティ募集にクラン募集？　パーティは一緒に仕事を受けたりするチームの事で、私みたいに知り合いのいない人はこういうところに自分の事を書いて声をかけてもらったり、人員募集をかけているパーティに売り込んだりするものらしい。まあ、初めのうちは簡単な仕事しか受けられないだろうし、パーティの事は仕事に慣れてから考えようかな。

クランは……どういうものかわからないけれど、一応見ておく。そこには色々な名前が書いてあった。赤炎《せきえん》の竜、白銀《はくぎん》の翼、黒鉄《くろがね》の刃《やいば》に無敵踏破団？

何というかネーミングセンスが……剣と魔法の世界っぽい名前、かな？

「あれ？　お前、黒鉄《くろがね》の刃《やいば》に入ったんじゃねえの？」

すぐ側に立っていた冒険者二人が話し始める。

「ああ、辞めたよ。最大手だから入るのも大変だったんだけどよ、最近は同じダンジョンに籠《こも》りっぱなしでな。それがもうハードなんだわ。そのせいで団員も入れ替わりが激しいからある程度の実力があれば、入るだけなら出来るぜ？　使いつぶされるのがオチだけどな」

クランの方針によって色々なのかな？　何にせよクランにもまだ興味はない。そもそも駆け出しなんだし、私には関係のない話かな。

「おい」

ん？　後ろから声をかけられた？　知り合いがいるわけないし……

「聞いてるのか？　お前だよ、そこの」

振り返ると筋骨隆々《きんこつりゅうりゅう》の大男が立っていた。使い込まれた革の鎧《よろい》に巨大な剣を背負っている。くすんだ短めの金髪の彼の、茶色の瞳が私を睨《にら》みつけていた。体中の傷跡で歴戦の戦士だとわかる。

迫力ありすぎ。怖いよ……

「ひゃいっ！」

うわぁ噛《か》んじゃった。でも仕方ないじゃん、威圧感半端《はんぱ》ないんだよ。

「新入りだな？　スライム退治でもやるのか？」

「は、はい。とりあえずやってみようかと」

「お前、スライムってヤツをどんだけ知ってるんだ？」

「えっ、子供の頃にかなりやっつけていますよ」

こうお城の周りをぐるぐる回って、青いタマネギ型の半笑いの物体をね。ゲームでだけど。

「んなわけあるか！　そもそもお前、今も子供だろうが！」

えぇ……何で怒るの？

「あー、ダキアが女の子を苛《いじ》めてる～」

大男の横から現れたのは茶色の長い髪のお姉さんだった。革の軽鎧に、腰には短剣が二本。この人も冒険者なんだろう。この怖いおじさ——お兄さんと知り合いなんだね。

「お、俺は新入りが何も知らずに無茶しそうだったからアドバイスをだな」

「えーでもこの子、完全に怯《おび》えてるんだけどー？」

えっ？　新人苛《いじ》めかと思っていたんだけど、まさかいい人だったの？

「怖がらせてごめんねー。私はアリソン。このゴツくて怖いおじさんがダキアね」

「誰がおじさんだ！　俺はまだ二十八だ！」

まさかの二十代⁉

「ミナです。今日冒険者になりました。よろしくお願いします」

お辞儀をするとニコニコ顔のアリソンさんに頭を撫《な》でられた。うーん、やっぱり子供扱いだね。

アリソンさんはダキアさんとよく一緒に仕事をしているそうで、彼女曰《いわ》く、ダキアさんは私の事を本当に心配して声をかけてくれたらしい。嬉しいんだけど、そんな怖い顔で見下ろされたら怯《おび》えちゃいますよ、普通。アリソンさんとダキアさんはスライムの討伐《とうばつ》の仕方を教えてくれた。

コアはスライムの体内で動き回っていて、何回も攻撃をしないと当たらず、武器の消耗が激しいらしい。あと、くれぐれも直接触らないようにと。すぐに溶かされる事は流石《さすが》にないが、火傷《やけど》みたいに皮膚《ひふ》が爛《ただ》れるそう。強い酸みたいな感じかな？　気をつけよう。

「っつーわけだ。初日から無理するんじゃねぇぞ」

「わかりました。ありがとうございます！」

「頑張ってねー」

ダキアさんとアリソンさんにお礼を言ってギルドを後にする。次は宿の確保だ。受付のお兄さんに教えてもらった宿屋、穴熊亭《あなぐまてい》に向かう。大通りから少し入ったところにある、そんなに大きくない隠れ家的な宿屋だった。

「すみません、一人なんですけど空《あ》いていますか？」

「いらっしゃい！　空《あ》いてるよ！　朝晩食事付きで一泊三千レクス。料金は前払い、食事が不要なら一食につき五百レクス割引だ」

「じゃあ、とりあえず一週間お願いします。食事は全部ここで食べますね」

元気よく出てきた大柄なおじさんにそう言いながら、二万千レクスを支払う。

「嬢ちゃん小さいのに勘定《かんじょう》が早いな！　助かる！」

おじさんは計算が苦手らしい。この世界では文字の読み書きや簡単な計算も学べない人が多いみたいだ。穴熊亭はおじさんと奥さんで経営していて、奥さんは仕入れに出ていて留守だとか。いつもはお客さんの相手は奥さんがするみたいで、おじさんは主に調理担当。

部屋は四人部屋が二つ、二人部屋が四つ、一人部屋が二つあり、一階は食堂兼酒場、二階は四人部屋二つに二人部屋二つ、三階に二人部屋二つに一人部屋二つプラス物置。私は三階の一番奥の部屋だった。

「出かける時は荷物を置いていって構わないが、大事なものは持ち歩いてくれ。万一なくなったりしたら責任が取れないからな」

まあそうだよね。と言っても、置いておくような大きな荷物はないんだけど。

「見たところ駆け出しの冒険者ってところか？　もし森で狩りをするなら、動物の肉や食べられるキノコを買い取るから持ってきてくれよ」

「わかりました。でもホント駆け出しなので、あまり期待しないでくださいね」

あははと愛想笑いをしつつ話しておく。すると「わかってる、無理はしないで無事に帰ってこいよ」とニコニコしながら頭をポンポンされた。

さて、宿の確保は出来たし、まだ夕暮れまでは時間がある。少しだけ近くの森の様子でも見に行こう。宿を出て門で衛兵のおじさんに会って、仮の身分証を返してお礼を言い、いざ森の中へ。

森と聞いて木々が鬱蒼《うっそう》と生《お》い茂《しげ》る、薄暗い場所を想像していたけど、そんな事はなかった。木は疎《まば》らに生《は》えていて草もそんなに長くない。小学生が遠足で来ても大丈夫そうなくらい穏やかだ。こんなところにスライムなんているのかな？　キョロキョロと周りを見回しつつ歩いてみる。

五十メートルくらい先に水溜まりのようなものが見えた。あれかな？　少しずつだけど移動している。コアがあって直《じか》に触ると危ないと言われた時点で、もしかしてと思っていたが、私がよくゲームでやっつけていたスライムとは違った。

まあそうだよね。タマネギ型で愛嬌《あいきょう》のある顔なんてついてないよね。

近くで様子を見ると、地面の草を体に取り込みつつ移動している。取り込まれた草は溶けて消えていく。それを繰り返しているうちに心なしか大きくなった気がする。

なるほど、そうやって成長するんだ。

スライムは私の方にゆっくりと向かってくるものの、何せ動きが遅い。飛びかかってくるかもと身構えたけど、それもなさそう。確かにこれなら初心者でもやっつけられるね。

次にコアを見ると、野球のボールくらいの丸いものが体の中を少しずつ移動している。

コアが目の役割をしているのかと思い、間近で手を振ってみたり周りを移動してみたりしたけど、コアは私の動きに合わせて動いたりはしない。どうやって私についてきているのかな。目も耳もなさそうだから振動かな？　試しに足を止めて近くにあった石を反対の方へ投げてみる。

スライムが石の落ちた方へ進行方向を変えた。正解みたいだ。もしもの時の対処法が出来た。使う場面があるかはわからないけど、備えあれば憂《うれ》いなしだね。

さてさて、それではスライムをやっつけてみよう。

ショートソードを抜いてみたものの、武器のダメージについて思い出し、攻撃するのをやめる。

非破壊属性がついているから壊れる心配はないのだけど、かえってそれが問題だ。スライム退治後なのに傷一つないショートソードを人に見られたら良くない気がする。まさか「スライム退治の達人なので得物《えもの》を傷《いた》めませんでした」で納得してくれる人はいないだろう。またダキアさんに怒鳴られたら、今度こそ泣く自信がある。

と、いうわけでスライム君の溶解力がどれほどのものか確かめてみる事にした。

インベントリから捨てずにしまってあった串を取り出して、コア目がけて突き刺す。

キンコンとチャイムのような音が聞こえてきて、スライムが一瞬ぶるりと震えると、ゲル状の部分がコアから剥《は》がれ落ちる。何、今の音？　それにスライムが……

「ひょっとして死んじゃった？」

［チャイム音はクリティカルが発生した時に鳴ります。ミナにしか聞こえません。状況を解説すると、クリティカルが発生してスライムのウィークポイントに命中。一撃で倒した事になります］

そうなんだ。クリティカルって簡単に出るのかな？

［クリティカルの発生率は幸運に関わってきます。ミナの場合、幸運が規格外の数値になっているので必ずクリティカルが発生します］

なるほど、それで軽く刺しただけで倒せたんだね。コアを手に取って見ると、串で刺した小さな穴が空《あ》いているだけだった。

これを持っていけば買い取ってくれるんだ。串の方はというと、刺した部分がグズグズになって崩れてしまった。コアから外れたゲルの方は、すでに溶解力をなくしているみたいで、串で刺しても溶けたりしない。これなら何とかなりそうだね。

コアをアイテムボックスに入れて、周りを見回し手頃な棒を拾い上げる。

ショートソードで先端を尖らせてお手製ショートスピアの完成！　と、またキンコンとチャイム音が聞こえてきた。今度は何だろう？

[技能木工を習得しました。技能は教えてもらう事で得られますが、ごく稀《まれ》に自然習得する事があります]

なるほど。これも幸運の効果なんだね。幸運って凄く便利だ！

さて、スライムを探して試し突きする事に。しっかり狙ってコアを突く。チャイムが頭の中で響き、スライムが身を震わせてコアが外れる。串よりも随分と太いお手製槍はまだまだ使えそう。

日が暮れるまでに何度もスライムをやっつけて、コアを十二個回収出来た。

暗くなる前に門をくぐり冒険者ギルドへ。相変わらず受付には列が出来ている。

冒険者って結構多いんだね。誰でもなれるからかな？　私はさっきのお兄さんの列に並んだ。

「こんばんは。早速森に行ってきたのかい？」

「はい。スライムのコアを持ってきました！」

「お疲れ様。じゃあここに出してもらっていいかな？」

相変わらず優しい笑顔で受け答えしてくれる。話しやすくて何だか落ち着く。

「はい！」

アイテムボックスから十二個のコアを全部出して置いた。

「っ⁉」

お兄さんは身を乗り出してコアをまじまじと見ている。何か凄く驚いているんだけど。

「ミナさんっ！　このコアはどうやって獲《と》ってきたのかな？」

「え、落ちていた木を使ってコアを突いたんですけど、何かまずかったですか？」

「いや、その方法がスライム退治の最適解ではあるのだけどね、普通は大きな穴が空《あ》いたり、割れたりするはずなんだよ。完全な球体で持ち込まれる事なんて殆《ほとん》どないんだ」

えぇ、でも軽く小突いたら死んじゃったよ？　全力で突き刺す必要なんてなかったんだけど。

「軽く突いたら倒せちゃったんですけど」

「一突きで？」

「はい。一突きでした」

「そ、そうなんだ。ええと、一応説明するんだけど、コアにはね、見た目じゃわからないけどウィークポイントがあるらしいんだ。そこを突くとほんの少しの力でもスライムは死ぬ。でも狙ってそこが突けないから何回も攻撃したり、勢いよく突いたりでまるごと破壊してしまうんだよ」

「壊しちゃった場合でも買い取ってもらえるんですか？」

「うん。スライムのコアは魔力の蓄積効率が凄くいいからね。魔晶石の代わりになるし、割れてても買い取れるよ。小さかったり傷がついていたりする分、安くなってしまうけどね」

そうなんだ。魔晶石が何かはわからないけど、私が持ち込んだコアは結構いい感じなんじゃないかな？

「それでその、このコアはいくらくらいになりますか？」

「それなんだけどね、ちょっと確認をとってきてもいいかな？」

「はい。ここで待っていればいいですか？」

「うん。すぐに戻ってくるから、ここで待っていて！」

そう言うとお兄さんはコアを一つ持って急ぎ足で奥へ引っ込み、すぐに戻ってきた。

「お待たせ！　ほぼ無傷のコアは珍しいからね、一つ二万レクスで買い取らせてもらうよ」

「そ、そんなに高く買い取ってくれるんですか？」

「うん。ギルドマスターに確認をとってきたから間違いないよ。はい、お金だよ。中を確認してね」

確かに二十四万レクスある。半日どころか数時間で二十四万も稼《かせ》いじゃったよ。冒険者って儲《もう》かるんだなぁ。

「一応言っておくけど、壊れたコアだと、一つ二千レクスくらいだからね」

十倍⁉

「やっぱり貰いすぎじゃないですか？」

「いや、このサイズならこれで適正だよ。あと、これはギルドマスターからのお願いなんだけど、しばらくはスライム退治を継続してほしいんだ」

ちょっと申し訳なさそうに言われた。お兄さんには親切にしてもらっているし断る理由はない。

「はい。大丈夫ですよ。明日も森に行ってきます」

どの道、やれる仕事はスライム退治か薬草採取しかないからね。

「よかった！　じゃあ、明日もよろしくね」

「はい！」

こうして私の初仕事は大成功で終了した。

冒険者ギルドを出て穴熊亭へ。食堂はお客さんでいっぱいだった。

給仕をしている女の人が奥さんらしい。少しふっくらした元気そうな人だ。

挨拶《あいさつ》をすると「亭主から聞いてるよ！　すまないけど今席が空《あ》いてないんだ。少ししたら空《あ》くと思うから待っててもらえるかい？」とのこと。

ここで待っているのも邪魔になりそうなので、一度自室へ戻る事にした。

装備を外してベッドに腰かける。

「そういえばレベルってどうなったかな？　経験値とかが見えればいいのだけど」

ステータスの事をイメージしたら目の前に表示が現れた。

レベルが二つも上がっている！　スライム十二匹で二レベルアップって、随分と経験値が高いのかな？　経験値は表示されてないからわからないけどね。

あと職業が冒険者になって、クラスがノービスになっている。ヘルプで確認したけど、ノービスっていうのは専門的な能力に特化する前のクラスらしい。レベル五でクラスが変わり、始めに選べるのは、ウォリアー、ファイター、スカウト、プリースト、ソーサラー、シャーマンの六種類。

ウォリアーは重戦士、ファイターは軽戦士、スカウトは索敵《さくてき》や罠の解除とかが出来る。プリーストは回復魔法使い、ソーサラーは魔術師、シャーマンは精霊使い。

魔法ってどうやって覚えるのかな？　と考えたらすぐにヘルプさんが教えてくれた。魔法職の場合はクラスが変わった時に必ず一つは覚えるそうで、後は人に教えてもらうかレベルアップ毎《ごと》に増えていくらしい。

ただ、精霊魔法は精霊と契約しないといけなくて、誰でも使えるものではないそうだ。

私は何になればいいかなぁ。筋力十四、耐久力十四、敏捷性《びんしょう》十六、知力十六、魅力六十二、幸運は振り切れているので変わらず。ステータスの伸び方を見ると、スカウトか魔法を使うクラスかな？

この先も一人で行くならスカウトなんかいい気がする。

次に、生命力、精神力、気力について。こちらも順当に三十七、三十八、三十九と増えている。

そういえば武技《アーツ》だっけ？　これも魔法と同じで、戦闘職系の人が、クラスが変わった時に習得するものだそう。でも、魔法も武技《アーツ》もごくたまに自然習得する事があるのだとか。そのへんは技能と同じなんだね。

あと、技能欄に工作レベル一と槍術レベル一が追加されている。

槍術は先を尖らせた棒を槍のように扱っていたから身についたんだろうね。

こんな簡単に技能を習得していいのかな？　間違いなく幸運六万五千五百三十五のおかげだよね。

女神様に感謝だよ。お祈りとかした方がいいのかな？

明日もスライム退治だ。同時進行で薬草も探してみよう。

食堂が空《す》いてきたみたいで、奥さんが呼びに来た。

「待たせて悪かったね。サービスするからいっぱいお食べよ」

「ありがとうございます！」

そうして運ばれてきた料理は超大盛で、サラダにシチュー、ステーキまである。パンはバスケット一杯持ってきてくれた。

「食べきれなければ残していいよ！　何なら明日のお弁当にしてあげようか？」

「いいんですか？　お金を払います」

「お代はいいよ。その代わり空《あ》いた時間で森の食材を採ってきておくれよ」

「わかりました！　明日は何か採ってきますね」

おじさんにも言われていたし、明日はキノコも探してみよう。ではでは、いただきます！

シチューは濃厚で具沢山！　ステーキも柔らかくてとってもジューシー！　かけてあるソースが甘辛くてすっごく良く合う。サラダも新鮮でドレッシングをかけて食べたら本当に美味《おい》しい！　ほんのりとした優しい酸味がいいアクセントになっている。パンも焼きたてのフカフカだ。

ごはんが美味《おい》しいと、自然と笑顔になっちゃう。

「そんなに美味《うま》いか？」

厨房《ちゅうぼう》からおじさんがこちらを覗いている。

「はい！　とっても美味《おい》しいです！」

おじさんは「沢山食べて大きくなれよ！」と言って、サッと引っ込んでしまう。でも、ちょっと嬉しそうだった。ごちそう様でした！

お湯をお願いし自室に戻って体を拭き、着替えてベッドに入る。明日は洗濯とかをしてから森へ出かけよう。

二日目の朝。随分と早起きをしてしまった。軽くストレッチをしてからベッドを出る。とりあえず洗濯をしよう。宿屋の裏庭に井戸があり、側にタライもある。自由に使っていいらしい。石鹸《せっけん》をつけて昨日着ていた服を洗い、部屋に干す。手洗いって大変なんだなぁ。

そうこうしているうちに朝食が出来上がり、食堂でいただく。朝はスープにパンとサラダだ。アッサリめで食べやすかった。そういえばこの世界の食文化って結構良い気がする。ファンタジーな世界って調味料が貴重品で、味付けといえば塩のみ！　みたいな感じかと思っていたけど、そんな事はない。昨日の食事には調味料が沢山使われていたし、食べにくいものは全くなかった。

意外と住みやすい世界なんじゃないかな？

奥さんからお弁当を貰い、今日も元気に狩りへ出発！　門で衛兵のおじさんに挨拶《あいさつ》をして、いざ森へ。今日はショートソードでもスライムを突いてみよう。

早速発見。ゆっくりと近付いてコアを軽く一突きし、コア一つゲット。やっぱり簡単だね。

そうそう、今日は薬草採取とキノコ採取もやるんだった。薬草については、この森には結構な種類が自生しているらしく、どれを持っていっても適正な価格で買い取ってくれるそう。

ここで役に立つのは鑑定だろう。葉っぱの形がそれっぽい草を見つけたら鑑定をしてみて、当たりなら採取って流れでいけそう。とりあえずやってみた。

【ディペン草】品質B。傷薬の材料。葉と茎《くき》は塗り薬に、煎《せん》じた根は飲み薬になる。

おお！　鑑定出来た！　説明も細かいし、品質とかもわかるんだ。そういえば鑑定ってどれくらいの距離まで出来るんだろう……？　試してみようかな。周りを見回すように鑑定を使ってみる。

【ディペン草　C】【ディペン草　B】【ディペン草　A】【ディポイ草　A】【ディポイ草　B】【ディペン草　B】【ディパラ草　B】【ディペン草　B】

うわっ、約五十メートルの範囲にある薬草が全部見える。情報量が多すぎてクラクラしてきた。複数を見た時は名前と品質だけが表示され、一つを注視すると説明が現れるみたいだ。

とりあえず品質がAのものを採取する。全部採ってしまうと生《は》えてこないかもしれないし、品質Cの草なんてまだ小さい。成長したら品質も良くなるに違いない。

ディペン草は丸ごと引っこ抜く。毒消しのディポイ草は根のみ使うので引っこ抜いて根だけをアイテムボックスへ。ディパラ草は痺《しび》れを取るのに使い、こちらは若芽が一番薬効が強いそう。若芽だけを摘む。ディペン草は十株、ディポイ草は八本、ディパラ草は四枚採取出来た。

薬草は結構手に入ったけど、キノコは見当たらない。もう少し奥へ行ってみようかな。そうして森の奥へ進みながら、見つけたスライムを倒していく。これでコアは十個目。

木々の間隔が段々と狭くなり、茂《しげ》みも増えてきた。日の光が遮《さえぎ》られて薄暗く、ちょっと不気味な感じがする。そろそろキノコが見つからないかな？

キョロキョロと見回しつつ慎重に歩いていると、キンコンとチャイム音が聞こえてきた。

【ピエリ茸】品質B。香りが良く、焼いても煮込んでも美味《おい》しい。

あった！　とりあえず採取しちゃおう。形はシイタケに似ていて、マツタケっぽい匂いがする。他にもないかな？　っと、もう少し奥に沢山生《は》えているところがあるみたい。よし！　品質の良いものから採っていこう。夢中で採り続けて二十本ほどアイテムボックスに放り込んだ。

おじさんと奥さんに渡すものはバッチリ！　その時、再びチャイム音が聞こえてくる。どうやら幸運が発動した時にもチャイムが鳴るようだ。もしかしてまだ何かあるのかな？　周りを見回していると木の陰に何か光るものを見つけた。そーっと近づいて見たら、虹色に光る花が一輪咲いていた。

【エリクル草】品質S。森の中にごく稀《まれ》に咲く草花。通常は夜に花をつけるが、日中に咲いた花は万病に効く薬になる。

凄いの見つけちゃった。とりあえず採取してインベントリに。

そろそろお昼になるし、ここで休憩にしよう。丁度倒れた木があったのでそこに腰かけて、お弁当を取り出す。半分に切ったパンにサラダとお肉が挟んである、サンドイッチみたいなハンバーガーみたいな食べ物が四つも入っていた。美味《おい》しそうな匂いに堪《たま》らずパクついてしまう。ソースが辛めでクセになりそう！　でも一つで満腹だよ。残りはインベントリに入れておこう。

お腹いっぱいになって少し食休みをと思っていた時、突然それはやってきた。

ヒュンッと何かが私の顔の近くをかすめていく。振り返ると後ろの木に矢が刺さっていた。

慌てて木の後ろに隠れる。何⁉　私が狙われているの？

パニックになりながら矢の飛んできた方をコッソリと覗いてみた。

茂《しげ》みの向こう側、五十メートルほど先に小さな影がいくつかある。子供？　そんなわけない。きっと人型の魔物だ。それらはこちらに向かって進んでくる。

多分ゴブリンだ。緑色の肌、身長は百三十センチくらい、ボロボロの剣や棍棒《こんぼう》を手にしている。

数は五。見えないところにもっといるかもしれない。

えぇ……どうしよう……鞄は倒木のところに置いたままで、ショートソードも座るのに邪魔だと思って鞄の横に置いちゃっている。

完全に油断していた。ここは森で魔物もいるんだ。逃げなきゃ――殺される!!

ゴブリンって人を食べるのかな？　嫌！　絶対嫌だ！　近くへ来る前に走って逃げよう！

ゴブリン達との距離は約二十メートル。まだ逃げ切れるだろう。でも矢を撃たれたら？

そういえば、弓を持っているゴブリンがいない。まさか回り込まれていたりしないよね？

逃げようと思っていたのに、考えたら足が動かなくなってしまう。

怖い……誰か助けて……!!

「矢は当たっていない。油断するなよ」

「奴らの仲間じゃないのか？　始末しなければ奴らに逃げた方向を教えるはずだ」

え？　人間の言葉じゃないけど言葉がわかる!?　それなら、一《いち》か八《ばち》か！

「あ、あのっ！　戦うつもりはありません！　誰にも言わないから見逃してくださいっ！」

意識して話そうとしたら、同じ言語で話す事が出来た。

「俺達の言葉がわかるのか？　顔を見せろ」

恐る恐る顔を出す。五人のゴブリンは武器を構えたままだ。衣服がボロボロで傷だらけなのが痛々しい。

「やっぱり人間じゃないか、奴らが来る。早く殺すぞ」

武器をこちらに向けてくるゴブリン達。

「ま、待ってください！　追っ手は人間ですか？　私が誤魔化しますから隠れてください」

「本当か……？　仕方ない、こいつに任せてみよう」

「おかしな事をしたらお前を殺すからな」

ゴブリン達は私の側の茂《しげ》みに隠れた。

私は木に刺さったままの矢を引き抜いて茂《しげ》みに隠してから、倒木に戻り腰かける。

間もなくゴブリン達が来た方向から二人の男性が現れた。一人は革の鎧《よろい》に長剣、もう一人は金属の鎧《よろい》に槍を持っている。

「お、ルーキーのお嬢ちゃんじゃないか。こんな奥まで来て大丈夫か？」

金属鎧に槍を持った人に聞かれた。茶色の短髪で厳《いか》つい雰囲気がいかにも冒険者って感じ。

「ほぉ。この子が噂《うわさ》の」

もう一人の革鎧の人は黒色のバケットハットを被り、無精《ぶしょう》ひげを生《は》やしていた。噂《うわさ》って？

「こんにちは。宿屋のおじさん達にキノコを採って帰ろうと探していたらここまで来ちゃいました」

あははと笑って答える。

「俺達はゴブリンを追いかけているんだが、こちらには来ていないか？」

帽子の人が周りを鋭い目つきで見回しながら言う。

「来ていませんよ。この辺りってゴブリンが出るんですか？」

「い、いつもはもっと奥にいるんだが、今日はこの辺りで遭遇してな、逃げ足が速くて追いかけているところなんだ」

短髪の人が少し詰まりつつも丁寧に教えてくれた。話が苦手なのかな？

「そうなんですか」

「その、なんだ。ゴブリンに遭《あ》ったら危険だ。俺達が安全な場所まで連れていってやろう」

短髪の人が私を見下ろして言ってくる。表情が何だか引きつっているけど、私を怖がらせないようにに笑顔を作ろうとしているのだろう。気を遣ってくれるいい人なんだね。

ここでこの人達に保護してもらえばゴブリン達から逃《のが》れられるかもしれない。でも私はゴブリン達に何とかすると言ってしまった。もし裏切ったように見えたら私もろとも二人も殺される危険がある。

「いえ、お兄さん達のお仕事の邪魔はしたくありませんから。一人で戻れるので大丈夫ですよ」

そう言って柔らかく笑ってみせると帽子の人はニヤリと笑みを浮かべ、短髪の人はそっぽを向いた。顔が赤いけど、どうかしたのかな？

「そ、そうか。じゃあ俺達は行くからな。なるべく早く森を出るんだぞ」

短髪の人は残念そうに言う。

「はい。心配してくれてありがとうございます。お仕事頑張ってください」

「おう！　またな」

そう言って森の奥の方へ戻っていく二人。

「おい。お前、どういうつもりだ？」

私の危機は去っていない……茂《しげ》みからぞろぞろとゴブリンが出てきた。

「どういうも何も、約束を守っただけですよ」

努めて冷静に、受け答えする。

「この後、俺達に殺されるとは考えなかったのか？」

殺されるという言葉に背筋が凍りついた。足が震える。でも何とか平静を装《よそお》って言う。

「いやその、言葉が通じるなら何とかなるかなって。平和的に、みたいな？」

「へいわてきに？　どういう意味だ？」

あー、ゴブリン語にはない単語なのかな。

「争わない、戦わない、話し合いで解決するって事ですよ」

「信用出来ない。人は俺達を見るとすぐに襲ってくる」

一人のゴブリンが私を睨《にら》みつけながら言ってくる。

「えっと、少なくとも私は意味もなく皆さんを傷つけたりしません」

「どうだかな。不利だからそう言うんじゃないのか？」

「でも約束は守ったぞ」

口々に言われる中、小さく深呼吸をして話を進める。

「皆さんはいつもはこの辺りにいないそうじゃないですか。そんなに傷だらけになってまで、どうしてここにいるんですか？」

話題を私の事から逸《そ》らそう。無事に解放される糸口が見つかるかもしれない。

「俺達は薬草を探しにきた。虹色の花が咲いている変わった草だ」

さっき採った薬草だ！

「私、それ持っています！」

これで交渉出来るかも！

「何!? どこにも持っている、見せてみろ」

「これですよね？」

インベントリからエリクル草を取り出して差し出す。

「おお！ ホントに持っていた！ 虹草《にじくさ》だ！」

「たまたま見つけただけなので、使ってください」

「本当にいいのか？」

「これを探していたという事は、重い病気の方がいるんですよね？ 私は特に必要じゃないので」

「ありがとう！」

ゴブリンの一人がエリクル草を受け取る。

「いえいえ、あっそうだ。傷薬になる薬草も持っていますので、良かったらどうぞ」

ディペン草をインベントリから五株取り出して他のゴブリンに手渡した。

「何から何まですまない」

頭を下げるゴブリン達。こっちの世界の魔物にもお辞儀っていう文化はあるんだね。

「いえいえ！ それでその、私は帰ってもいいでしょうか？」

「俺達は恩あるものに危害を加えたりはしない」

と、頭上の木の葉がガサガサと音を立て、私の後ろに何かが着地した。

「この人間を殺さなくて済んだな」

弓を持ったゴブリンだ。私を上から狙っていたのだろう。もしあの二人に助けを求めていたら頭に矢を受けて死んでいたかもしれない。

「じゃあ私は行きますね。まだあの二人が近くにいるかもしれません。お気をつけて」

「本当に助かった」

「お前、いい奴」

それぞれお礼を言いながら森に帰っていく。

「俺達の長《おさ》が毒を持ったデカいスライムにやられたんだ。何とか追い払ったんだが毒が強くて普通の薬草では治せなかった。お前も気をつけろ」

弓を持ったゴブリンはそう言うと茂《しげ》みに消えていった。

鞄とショートソードを手にして、私も足早に森の奥から抜け出す。

メチャクチャ怖かったよ〜。どうにか無事に切り抜けられて良かった。

ゴブリンの言葉がわかった事、相手が話のわかるゴブリンだった事、エリクル草を持っていた事、いくつもの偶然が重なって助かったんだ。

次からは油断しないように気をつけよう。帰りに森の入り口付近でスライムを十匹やっつけて、品質の良いディペン草を五株採取したところで、早めに街へ戻る事にした。

冒険者ギルドはまだ人が少なくて、受付にはそんなに人が並んでいなかった。

「お疲れ様。森はどうだった？」

昨日のお兄さんが優しく話しかけてくれる。それだけでちょっと涙ぐんでしまった。

「ちょっ！　何かあったの⁉」

「い、いえ！　薬草採取をしていたら迷ってしまって、帰ってこられて良かったって……」

「怪我はしてない？　良かった」

お兄さんは本当に心配している様子だ。あんまり人に心配をかけちゃいけないな。

気を取り直し、買い取りをお願いしますと、スライムコア二十個と薬草各種をカウンターに並べる。

「おおっ！　コアをこんなに。薬草も処理がしっかりしてあるね」

お兄さんは手早くコアと薬草の品質を確認していく。

「コアが一つ二万レクスで四十万レクス。ディペン草が一株二千レクスで二万レクス。ディポイ草が一つ三千レクスで二万四千レクス、ディパラ草の若芽が一枚四千レクスで一万六千レクスだね。合計で四十六万レクス。確かめてね」

「はい、確かにあります。ありがとうございます！」

「いえいえ、こちらこそ。それとミナさんはFランクに昇格だよ。おめでとうございます！」

笑顔で言うお兄さん。昇格ってそんなに簡単に出来るの？

「いいんですか？　二回しか依頼をやっていませんけど？」

「うん、これほど品質の良いものを納品出来るのだから当然だよ」

やった！　素直に嬉しい！

「では冒険者証を少し借りるね。情報を書き換えてくるので」

「はい！　お願いします！」

ほどなくして私の冒険者証が返ってくる。銅ではなく鉄に変わっていた。

「Fランクになったのに申し訳ないのだけど、明日もスライムコアを獲《と》ってきてもらえると助かるよ」

「はい！　わかりました」

こうして二日目の冒険は波乱もあったけど、しっかりお金を稼《かせ》ぐ事が出来た上で無事に終える事が出来た。二日で七十万とか、こんなに稼《かせ》げるなんて思ってもみなかったな。

お金には随分と余裕があるので明日は午前中は買い物をして、午後からスライム退治をしよう。

宿に帰ってキノコを渡したら、おじさんも奥さんも飛び跳ねて喜んだ。何でもピエリ茸は結構価値のあるキノコらしい。これしか見つけられなかったんだよなぁ。

その日の夕飯はキノコづくしで、香りが良くて凄く美味《おい》しかった！

驚いたのはキノコごはんが出てきた事。お米もあるんだね。

奥さんにお願いしてお湯を貰い、自室で体を拭いて干してあった服に着替え、ベッドに入る。

明日は寝巻きも買わなくちゃ。必要なものを思い浮かべていたらいつの間にか寝てしまっていた。

朝。今日も早く起きる事が出来た。裏庭で洗濯をしてごはんを食べたら買い物へ出発だ！

服屋さんへ行って服を購入。新品は物凄く高いけど、古着なら手頃な値段で買う事が出来る。外で着る動きやすそうな服を二着、部屋着を二着、あと新品の下着を四枚買い足しておいた。

それと冒険者証を首から下げるため紐も購入。早速通して首にかけて、冒険者証は服の中へしまった。次は金物屋さんで小さな鍋とかシャベル、ランプと燃料を購入。フォークやスプーン、薄い金属製の皿があったので、こちらも数枚買っておく。

どのお店も「お嬢ちゃん可愛いからサービスしてあげるよ」なんて言って値引きしてくれた。

商売上手！

一度宿に帰ってお昼ごはんを食べよう。お昼はキノコシチューとサラダとパン。しばらくキノコ祭りかな？　お代を払おうとしたら、昨日のキノコ代だけでお釣りが来るって受け取ってもらえなかった。なくなったらまた採ってこよう。

ごはんを美味《おい》しくいただいたら一度自室に戻って狩りの準備。買ったものは全てインベントリに入れているので、防具を着けてショートソードを装備するだけ。あ、レベルってどうなったかな？

おお！　上がっている！

レベルの横に※がついているのは何だろうと思ったら、クラスチェンジが可能なのだそう。

よし、スカウトになろう！　そう決めて念じる。

レベルが上がってステータスが増えた！　スカウトになった事で伸び方が少し変わったみたい。

筋力が十七、耐久力が一六、敏捷性《びんしょう》が二十一、知力が二十、魅力が六十四になった！

技能は索敵《さくてき》と弓術が増えている。レベルは全部一。弓矢も使えるんだね。試してみたいし買いに行こう。

早速武器を扱っているお店に行ってみた。弓は長弓から短弓まで揃っている。私だと長弓はちょっと扱い難いかも。なので短弓と矢を二十本、矢を入れる矢筒を購入。ここのお店もサービスをしてくれて、矢筒がタダに。笑顔でお礼を言うと「またサービスするから買いに来てね」と言ってくれた。今日の買い物は全部で七万レクスで済んじゃった。大分値引きしてくれたんだろうなぁ。贔屓《ひいき》にしなくちゃ申し訳ない。

弓矢はすぐには使わないのでインベントリにしまっておいた。

お昼も結構過ぎちゃったけど、今からスライム退治に行こう。

門で衛兵のおじさんに挨拶《あいさつ》をして森へ入る。少し歩くとすぐスライムを見つける事が出来た。

狩っても狩っても全然減らないね。私としては有難い。奥に進みながらスライムを十四退治した。

気づけば木々の間隔が狭くなるギリギリまで来ていた。昨日あんな事があったからこれ以上は奥に行きたくないな。とりあえず覚えたての索敵《さくてき》を使用してみる。

大体直径百メートル内の大きな動物を感知出来るらしい。ただ、隠蔽《いんぺい》や隠密などの技能で感知不能になっている事もあるそう。うん、大きな動物はいないみたいだ。

「おい、人間」

キョロキョロと周りを見回していると、ガサガサと近くの茂《しげ》みから覆面にフードを被った小柄な人が出てきた。背中には弓を背負っている。早速感知出来なかったね。

「相変わらず間抜けだな」

相変わらずって、ひどい。ゴブリンさんは敵意がなく、警戒もしていなかった。

「昨日のゴブリンさんですか？」

「ああ、お前のくれた薬草のおかげで長《おさ》は助かった。礼を言う」

「いえいえ、お役に立てて良かったです」

「今日はお前に渡すものがあってきた」

私に会うためにこんなところまで来てくれたんだ。

「危なくなかったんですか？」

「俺だけなら何とでもなる」

この人、じゃなかった。このゴブリンさんは他のみんなより強いのかな？

ゴブリンさんは腰の袋から腕輪とペンダントを取り出し、こちらに投げて寄こした。

「これは？」

「かなり前に拾ったものだ。人間を襲って奪ったものではない」

そうなんだ。ふと気になった事を聞いてみる。

「やっぱり人間を襲う事があるんですか？」

「俺達の部族では、襲われない限り人間とは戦わない。人間を殺すと復讐に来る。厄介《やっかい》だからだ」

なるほど。ちょっと安心した。

「それで、これは貰っていいのですか？」

「俺達じゃ使い道がわからない。人間のお前なら使えるだろう」

「じゃあ、頂いておきますね」

後で鑑定してみよう。

「お前、森を歩くのが下手だな。俺が教えてやる」

そりゃ、森の深くへ入ったのは昨日が初めてだからね。でもはっきり言われると傷つく。

「ありがとうございます。よろしくお願いします」

この際だから教えてもらおう。そうしてゴブリンさんから足跡を残さないように歩く方法や、他の生き物の痕跡の見分け方、気配を消して潜《ひそ》むコツを教えてもらった。実践をしながら少し歩いているとゴブリンさんが急に足を止めて伏せる。

「何かありましたか？」

「ヤツの気配がする。長《おさ》を襲ったスライムだ」

私の質問に小声で答えるゴブリンさん。

「猛毒を持っている大きなスライムの事ですよね？　すぐに離れた方がいいんじゃないですか？」

「誰かが襲われている。恐らく人間だ」

ゴブリンさんは地面に耳をつけながら言う。

「戦っているんですか？」

「足音に落ち着きがない。取り乱しているし、戦いになっていないな」

そんな事までわかるんだ。

「援護に行きます。ゴブリンさんは帰ってください」

「よせ、お前では勝てない」

「勝てなくても逃げる手助けは出来ます！」

人が襲われているのがわかった以上、放っておく事は出来なかった。

「仕方がない、俺も手伝ってやる。だが俺は遠くから援護するだけだ。無理をするなよ」

「ありがとうございます！」

無茶な真似《まね》をしようとしている私を見兼ねたのかもしれない。

本当にいい人……じゃなかった、いいゴブリンさんだ。

走りながらスライムの特徴を教えてもらう。スライムは黄色で随分と大きいらしく、こちらを認識したら体の一部を飛ばして攻撃してくるそうだ。動きは普通のスライムよりは速いけど、走れば逃げ切れるみたい。猛毒は体に触れるだけで重体に陥《おちい》る可能性があり、その場合は仲間に担いで逃げてもらうしかない。

きっと身動きが取れなくなるほどの毒なんだろう。気をつけなくちゃ。

ほどなくしてそこに辿り着いた。山のように見える黄色いゼリー状の物体がゆっくり動いている。

えぇ……大きすぎない？　森の木が七、八メートルくらいだとして、その一・五倍はあるんだけど。

スライムのすぐ近くには剣を振り回している十四、五歳くらいの少年が二人。その後ろにはグッタリと横たわるローブ姿の女の子。女の子は猛毒にやられているみたいだ。早く助けないと！

私は近くにあった大きめの石を抱えて走る。目指すはスライムの手前数メートルにある岩だ。

「私が引きつけますから、倒れている子を連れて逃げてください！」

少年達にそう言うと、抱えていた石を思い切り岩に打ちつけた。

岩に石を打ちつけたのは咄嗟《とっさ》に思いついたからだ。この方が振動が伝わるかもしれない。

何度か繰り返しているとスライムはこちらに向かってきた。何とか釣れたらしい。

「だめだ！　君一人置いて逃げられないよ！」

金髪のツンツンヘアーの少年が拒否する。

「大丈夫！　皆さんが逃げたら私も逃げます。その間、注意を引くだけだから！」

「でも――」

「あの子の言う通りにしよう。早くニアを医者に診《み》せないとヤバい」

茶髪の少年が金髪の少年を制して言う。

「すまない！　君も気をつけて！」

そう叫ぶと二人は女の子を抱え上げ、街の方へ走っていった。

スライムも一度動きを止めたかと思ったら、こちらに向かって近づき始める。私は持っていた石を捨てて身構えた。あとは上手く引きつけつつ、逃げ――

突然、スライムからバスケットボールくらいの弾が撃ち出される！　ビックリして岩の陰に隠れた。撃ち出されたのは体の一部。岩に衝突してベシャリと音が聞こえたので岩を見たら、ジュワ

ジュワと音を立てて崩れていく。嘘！　毒だけじゃないの⁉

こんなものをまともに喰らったら、あっという間に溶かされて即死だろう。

我ながらなんて無茶な事をしてしまったんだろう。もう盾になる岩はない。体の一部を飛ばす予備動作は全然なかったし、躱《かわ》せる自信がなくて足がすくむ。こんなところで死ぬなんて……嫌だ！

絶対生き残ってやるんだ！

私の武器ではコアを狙うのは無理。でも倒す必要はない。動きもそう速くないから撃ち出してくる弾と体の一部に注意して逃げ切ればいいんだ。

と、すぐに次の弾が撃ち出されるけど、身構えていたおかげで反応出来た。余裕をもって回避に成功。警戒したままジリジリと後退する。命を懸《か》けたドッジボールだ。集中、集中。

木の陰から矢が飛んできてスライムの体に突き刺さるものの、あっという間に吸収されてしまう。ゴブリンさんの矢はダメージにならない。きっとわかっていて、注意を引くためにやってくれている。

巨大なスライムだけあってコアもかなり大きい。五十センチくらいあるんじゃないかな。集中して様子を見ていると、コアの様子がおかしい事に気づく。小刻みに震えていたかと思ったら二つに分裂した。いや、正確にはまだ分裂してなくて、二つはくっついている状態だ。そしてまた小刻みに震え出した。あのコア、この状態で鑑定出来ないかな？

【ヒュージヴェノムゼリー】レベル：二十　生命力：二千五百／二千五百　ポイゾナススライムの変異種。巨大化しており分裂間近。

ひょっとして鑑定って生き物にも出来るの？　と、それは置いておいて。今はスライムの生命力をどうやって削ればいいのか、だ。コアを直接攻撃するには物凄く長い武器が必要になる。そんなもの用意出来るわけがない。

じゃあ地道にゲルの部分を剥《は》がしていくか――いや、分裂間近って、もしかして？

スライムが体の一部を飛ばしてくる。今度はさっきよりも小さな速い弾だ！　何とか避けられたけど、間髪容《かんはつい》れずに二発目として大きな弾を撃ってくる！

避けきれない！　思わず両腕を交差して防御の姿勢をとったものの、二発目の攻撃はこなかった。飛んできたスライム弾に、飛来した矢が衝突したのだ。スライム弾は粉々に吹き飛んで、スライム本体を削り取った。頭の中でキンコンとチャイム音が鳴り響く。今のが武技《アーツ》ってヤツかな？　もしかして今のチャイムはゴブリンさんの武技《アーツ》を習得しちゃったって事だろうか。

「おい、ボサッとするな。もっと距離を取れ」

ゴブリンさんは二本目の矢を番《つが》えながら近づいてきた。

「ありがとうございます！　今の技って、何回くらい使えそうですか？」

「あと二発がやっとだ。奴を仕留めるには全然足らない」

「それで森の木を倒せたりしますか？」

「やれるぞ。何を狙っている？」

「このスライムは分裂しようとしています。削るのではなく、大きくして分裂させちゃいましょう」

「わかった」

「なるべく大きな木を倒してください。スライムの誘導にもなります！」

私はジリジリと下がり続けて十メートルくらい距離をとった。近くの木の枝や投げやすそうな石を拾い集める。ゴブリンさんは音もなく後退すると、一番近くにあった大きめの木の根元に向かって先程の技を放つ。矢が衝突すると幹《みき》の半分が吹き飛び、メキメキと凄い音を立てて木が倒れた。とんでもない威力だ。ゴブリンさんって実はメチャクチャ強いんじゃない？

スライムはその木に向かって移動を開始した。私も拾った木や石を投げつけて成長を少しでも早める。木に取りついたスライムはあっという間に木を呑み込んで消化を始めた。

私とゴブリンさんはやや離れた木の陰で様子を見る。コアが小刻みに震えながら無数のコアに分裂を始めた。半分になるんじゃなくていっぺんに数多く分裂するみたい。

小さくなってくれればコアを狙いやすい。

私は長めの枝を拾ってきてお手製ショートスピアを二本作っておいた。

スライムが木を完全に消化すると、分裂して小さくなったコアがバラバラに散っていき、体から分離を始めた。

「小さくなって動きが速くなっているかもしれない。気をつけろ」

ゴブリンさんが矢を番《つが》えつつ言う。私は頷き、スライムとの距離を詰める。

手にはショートスピア。地面にベッタリとくっついているスライムのコアに向かって軽く突きを繰り出す。スライムはブルリと震えて絶命した。よし！　いける！

周りを確認して、飛びかかってきたりスライム弾を飛ばしてきたりする個体がいないか警戒する。

あれ？　スライムの様子がおかしい。

ゲルがダラリと地面にくっついていてコアが殆《ほとん》ど露出した状態だ。何これ？　鑑定してみた。

【ヴェノムスライム】レベル：十　生命力：五／百　状態：瀕死《ひんし》　分裂に失敗したスライム。

あー失敗しちゃったか〜。

スライムは殆《ほとん》ど動かず、ゲルでコアを覆《おお》う事も出来ずにグッタリしている。

ラッキーだ！　さっさと全部倒してしまおう！

木の槍でスライムコアをどんどん突いていく。二十四倒したところで槍が溶けて使えなくなったのでもう一本を持ってきて再開。全部で三十五匹もいた。

「おい！　一匹動いているのがいるぞ」

ゴブリンさんが指す方を見ると、素早く這《は》いずりこちらへ向かってくる小さな個体の姿が。

右へ左へ動きつつ私に飛びかかってくる！　私は何とかそれを躱《かわ》したけど体勢を崩してしまう。

ゴブリンさんが矢を放ちスライムを牽制《けんせい》してくれたおかげで、追撃される事はなかった。

槍を突き出してスライムを攻撃するものの、ギリギリでコアが蠢《うごめ》き、避けられる。

動きが良すぎる！　目が見えているのかもしれない。

【ヴェノムゼリー】レベル：十五　生命力：二百／二百
ゼリーはスライムの上位個体かな。ヤバイかも。

「距離をとれ！　お前が近くにいたら狙えない」

ゴブリンさんの武技なら一撃かもしれない。でも私が距離を取るよりスライムの方が速い！

スライムは右へ左へ動いたと思ったら、突進はせず、スライム弾を飛ばしてきた！

ビー玉くらいの弾を四、いや五発。弾速はさっきの小さな弾よりもずっと速い。

身を翻《ひるがえ》して躱《かわ》そうとしたけど、二発が服の袖をかすめて溶かした。続いて三発、追い撃ちがくる。

身を投げ出して避ける！　頭の中でチャイム音が聞こえて、お腹に当たるところだった弾が槍の柄《え》に命中し、槍が真ん中から折れた。幸運が発動したんだ！　助かった！

私はすぐに起き上がろうとしたけど、足に激痛が走って動けない。

右太ももに小石が突き刺さっていた。

「痛《いた》っ……」

スライム弾の中に石のかけらを交ぜていたのだろう。傷口からジワリと血が広がる。足が少しずつ紫に変色していく。これは毒……？　痛みで他の事が考えられない。気絶しそう。

ゴブリンさんが矢を放ってスライムを牽制《けんせい》してくれるものの、スライムは難なくそれを躱《かわ》すとトドメとばかりに私へ飛びかかってくる。

ダメだ……やられちゃう。

飛びかかってくるスライムがスローモーションのように見える。

この世界にきてまだ三日、もう死んじゃうのかな。

せっかく女神様が転生させてくれたのに、ステキな体を造ってくれたのに、溶かされて……

——イヤだ。こんなところで死んでたまるか！

無我夢中で腰の鞘《さや》からショートソードを引き抜くと、胸の前で剣を構えて狙いをつける。

そして、スライムのコアに狙いを定め、渾身《こんしん》の力を込めて剣を突き出す!!

腕までスライムの中に入ってしまった。でも手応《てごた》えはある。コアは剣が突き刺さり、真っ二つに割れていた。

直後ドロリとスライムが溶け出して、私の上半身に降りかかる。結構重くて、仰向《あおむ》けに倒れた。

ゴブリンさんが駆けつけてきて顔の周りのゲルを取り除いてくれたおかげで、窒息《ちっそく》する事はなさそう。

「おい！　おい！　大丈夫か？」

返事をしたいけど呼吸するのでやっとだ。足も腕も凄く痛い。腕は火傷《やけど》のように爛《ただ》れていた。

「人間の助けが来た！　俺は森に戻る。コレを飲め。解毒薬だ！」

そう言って葉っぱに包んだ何かを私の胸の上に置いたゴブリンさんが、足早に森の奥へ消えていく。あぁ、お礼も言えてないのに、もうお別れなんて。せめて一言——

手を伸ばそうとしても体が動かない。

ふわりと風が舞う。空から何かが降りてきた。小柄な影だけど、目が霞《かす》んでよく見えない。

「よく頑張ったね。もう大丈夫だよ」

聞こえてきたのは女の子の声だ。

「穏やかなる風の精霊よ、清らかなる水の精霊よ。彼女を癒《いや》し護《まも》る力となれ」

足と腕の痛みが引いていく。痛みがなくなったら急激に気が遠くなってきた。

自分の手や足の状態を確かめる元気もない。やっぱり傷跡が残っちゃうかなぁ。

ダキアさんみたいに傷だらけな女の子ってちょっとヤダな。女神様にも謝らなくちゃ……

頭の中で連続で鳴り響くチャイム音を聞きながら、私は意識を失った。

優しい風が頬を撫《な》でる。私は、目を開けた。

真っ白な天井、窓は開いておりカーテンが風でなびいている。私はふかふかのベッドに寝かされていた。部屋には椅子が二脚に机が一脚と、私が寝ているベッドがあるだけ。十畳くらいの部屋だ。

ここはどこだろう？　キョロキョロと辺りを見回す。

そうだ、手と足の怪我は？　手を上げてみる。傷一つ残ってない。足は？

起き上がる。痛みはない。私は昨日買った部屋着とそっくりな服を着ていた。上は半袖のシャツ、下はカプリパンツ、どちらも白色で、古着ではなく新品のようだ。

足の状態がわかりにくいので下を脱いで確認する。良かった。痕も残ってない。

石が突き刺さっていたのを思い出し身震いしつつ、恐る恐る触ってみる。さすったり押してみたり。うん、何ともない。

ふと、いくつもの足音が近づいてきて扉が開かれる。

「あ」

「お、おう……も、もう大丈夫なのか？」

「は、はい」

扉を開けたのはダキアさんだった。アリソンさんと受付のお兄さんもいる。

慌てて手で前を隠す。

「あーー！　もうっ女の子の部屋に入る時はノックしなさいよー！」

アリソンさんがダキアさんとお兄さんを外に押し出す。

「ようやく目覚めたみたいだね。体に違和感はないかい？」

大人達の陰からひょっこり現れたのは、意識を失う前に現れた女の子だった。

青みがかった長い銀髪、小柄な体型、声も顔も幼いけど堂々としている。

歳は私より少し下かな。それよりも気になったのはツンと尖った耳。

「エルフ？」

「ん？　ああ、そうだよ。私はエルフ。名をルーティアという。こう見えて六十八歳、冒険者ギルドのマスターをやっている」

「え、ええ⁉　し、失礼しました。ミナといいます。冒険者になったばかりの新人ですっ！」

私の反応が面白かったのか、笑みを浮かべながらルーティアさんは言った。

「君の事はよく知っているよ。それよりもまずは下、穿《は》こうか」

「はい～」

身嗜《みだしな》みを整えてベッドに座った。努めて冷静に、うん、冷静に。

ほら、冒険者ってそういうのは気にしないんだよ。異性の前で着替えたりは当たり前なんだよ。下着を見られただけだし、だから大丈夫！　ダイジョーブ！

「あー、悪かったな」

「ホントだよ！　デリカシーのカケラもないんだから！　ゴメンねミナちゃん」

腰に手を当てながらダキアさんとお兄さんを叱るアリソンさん。

「い、いいえ。私もちょっと不注意でした」

よく考えたら傷の状態より、自分がどこにいるか確認する方が先だよね。

「ありがとうございまし、ぐふぅっ⁉」

お兄さんの脇腹にルーティアさんの肘がめり込む。えぇ……何でお礼を言われたの。

「あー、それで、君に何があったのか詳しく説明をしてもらいたいんだ。ここは冒険者ギルドの別室で、君は二日間眠り続けていた。少しずつでいい、聞かせてもらえるかな？」

ルーティアさんは真面目な顔で私に聞いてくる。

「はい」

私はゴブリンさんの事を伏せて、冒険者の三人を助けた事、ヒュージヴェノムゼリーと戦い、分裂させてコアに攻撃出来るようにしようとした事、分裂は一匹以外は失敗して難なく倒せた事、最後の一匹と刺し違えて倒した事を、覚えている限り話した。

「無茶をしやがる」

ダキアさんが腕を組んであきれ顔で言っている。でも、どこか安心した様子だった。

「ってか、スライムの変異上位個体じゃない。よく無事だったねー」

アリソンさんは驚きの表情をした後、私を見てニコリと笑う。

「無事で良かった」

お兄さんは胸を撫《な》で下ろす。心配してくれていたんだね。皆さんに迷惑をかけてしまった。本当にごめんなさい。

「話を戻そう。君は魔物の鑑定が出来るのだな」

ルーティアさんはうむうむと頷きながら言う。

「はい」

冒険者登録した時に調べられているからお兄さんは知っているはずだし、嘘をつく理由もない。

「今から話す事はここにいる者だけの秘密にしてほしい。ミナ、ダキアには君を守ってくれるように頼んでいた。アリソンはそのパートナーだ。二人に君のステータスに関する情報の一部開示をしたい。構わないか？」

「はい。大丈夫です」

お二人にはお世話になったし、こんなに心配してくれているのだ。ステータスの開示くらいぜんぜん構わないと思う。

「彼女は鑑定持ちだ」

「ほう、生物鑑定か。そりゃスゲェな」

ダキアさんは感心したように言った。生物鑑定？　私が持っているのは鑑定なのだけど。

「違う、鑑定だ。生物も物品も両方出来る。そうだな、ミナ？」

「え？　はい。生物を鑑定出来るのに気づいたのは戦闘中でしたけど」

そう、ルーティアさんの言う通り、生物でも物品でも鑑定は出来た。生き物も鑑定出来るのには私も驚いたよ。

「そうか。それについて説明しなかったのはイクスの不手際だ。謝罪しよう」

頭を下げるルーティアさん。お兄さんはイクスさんっていうんだ。一緒に頭を下げている。

「そんな、頭を上げてください」

「部下の教育不足だ。それに私もイクスが話す事を真面目に聞いておくべきだった。その点については言い訳のしようがない」

見た目が小さな女の子なので、頭を下げられると何だかこっちが悪い気がしてくる。

「まあ、アンタが面倒臭がりなのは今に始まった事じゃねぇからな。んな事より鑑定について詳しく聞かせてくれ」

ダキアさんが取りなしてくれて、やっとルーティアさんとイクスさんは頭を上げた。

「確認をするが、君の鑑定はどこまでわかるんだ？」

「えーと、魔物と人とでは見え方が違いますね。魔物は名前とレベル、生命力、精神力、気力と状態と簡単な説明。人は受付で触った石みたいに見えますけど、ギフトと技能は見えません」

鑑定を使用した時の見え方を出来るだけ正確に説明する。これまで人を見た事がなかったので、今この場で確かめた。

「ほう、それだとレベルは十くらいか」

「ギフトにレベルってあるんですか？」

私に表示されているギフトにはレベルの表記はない。ルーティアさんは話を続ける。

「あるとも。推測するに君は能力の使い方がわかっていないせいで半端《はんぱ》に見えるのだろう」

そうだったんだね。誰にも聞いてなかったから知らなかったよ。

「マスター、私達にもわかるように説明してよー」

アリソンさんが不満そうに頬を膨《ふく》らませている。美人のお姉さんだけど子供っぽい仕草も可愛いなぁ。隣でダキアさんも腕を組んで頷いてる。こちらはいつも通り渋い顔。

「ああ、スマン。つまりだ、ミナは鑑定が物品と生物両方に出来て、レベルがカンストしているって事だ」

「マジかよ」

「ミナちゃん凄ーい！　ギフトカンストなんて初めて聞いたよー」

ルーティアさんの説明に二人は凄く驚いていた。

「え、じゃあアイテムボックスも？」

「おおっと、言ってしまって良かったのかい？」

そう指摘されても、言ってしまったのでどうしようもない。

「アイテムボックスも持っていて、そいつもカンストかよ。こいつぁ他の奴には言えねえな」

ダキアさんは深く頷きながら呟いている。

女神様から貰った隠蔽《いんぺい》していない方の能力も、とんでもないものみたい。

「君は基礎が全くなってないからね。本来の性能を発揮出来ていないのだよ。今後のために私達が色々教えていこうと思うのだが、どうだろうか？」

「はい！　凄く助かります」

ルーティアさんの提案はありがたい。正直私は何も知らないせいで危険な目に遭《あ》っているのだと思う。ここに来てたった三日で死にかけたんだから、しっかり先輩に基礎を教わって一人前の冒険者になろう！

「じゃあ決まりだ。三日後から午前中は訓練、午後は自由という予定で一週間行う事にする。ダキアとアリソンには新人教育で指名依頼を出しておく」

「おう」

「はーい」

笑顔で言うルーティアさん。ダキアさんとアリソンさんも当然といった顔で頷いていた。

「あの～、二日空《あ》くのは何ででしょうか？」

「静養に決まっているだろう。宿には伝えてあるから、あと二日ここに泊まる事。いいね？」

「は、はい。お世話になります」

強引とはいえ、私の事を思って言ってくれているんだ。素直に従おう。

ちなみに今着ている服はくれるそうで、着替えも用意してあるとのこと。何だか申し訳なくなってきた。ルーティアさんは「君の貢献度を考えればこれぐらいは当たり前だ」と言ってくれたけど。

「で、次の件だ」

「まだあるんですか？」

「ああ、大事な事だよ。今回の討伐《とうばつ》報酬と買い取りについてだ」

ルーティアさんがイクスさんから紙を受け取って、それを読み始める。

「まず、ヒュージヴェノムゼリーからFランク冒険者を助けた事について、ギルドから報酬として十万レクス。そしてヒュージヴェノムゼリーの討伐《とうばつ》報酬が百万レクス」

「百万⁉」

魔物一体でそんなにもらえるの？

「ヒュージヴェノムゼリーは最低でも二十レベル。Aランク冒険者なら相性次第で単騎でも勝てるが、Bランクなら二パーティは必要な魔物だ。今回は分裂させた事により報酬が下がっているけれど、そのまま倒した場合は三百万はする大物だよ」

あれをそのまま倒せる人なんているのかなぁ？

「ちなみに私なら魔法の一撃で倒せるぞ。何せ元Sランク冒険者だからな」

ルーティアさんって凄い人なんだね。小さな体で胸を張る姿が可愛い。

「次にスライムコアの買い取りだ。イクス」

イクスさんが自分の手元の書面を読み始める。

「はい。まず、ヴェノムスライムコアが三十五個、一つ十万で三百五十万レクス。ヴェノムゼリーコアが二つに割れているけど、合わせて三十万レクス。合計で三百八十万レクス、救援報酬、討伐《とうばつ》報酬と合わせて四百九十万レクスになります。全て買い取らせてもらってもいいかな？」

「え、あ、はい」

よ、四百九十万⁉　そんなになるの？

「それから訓練が終わったら君はEランクに昇格だ」

ルーティアさんが付け足してくる。

いやいやいや、早すぎるですよ。驚きすぎて語尾が変な事になってしまう。

「優秀な人材を遊ばせておくのは勿体《もったい》ないからね。期待している、頑張ってくれ」

ニコリと笑って言うルーティアさん。

「ありがとうございます。頑張ります！」

いっぱい迷惑かけちゃったし、期待に応《こた》えられるように頑張ろう。

「そういえば、ミナさんはクラスチェンジはどうするのかな？」

話が一通り済んだところでイクスさんが聞いてくる。クラスチェンジって、もう……

首を傾げているとルーティアさんが、「何かこの子、自分でやっちゃったみたいなんだよねぇ」

と呆れ顔で言う。

「えええ!?　どうやって!?」

驚きの表情で迫ってくるイクスさん。

「ええと、自分でステータスを見て、出来そうだったから」

イクスさんに笑顔で答えようとするも、引きつってしまっているのが自分でもわかる。

「ツッコミどころが多すぎて何から聞いていいかわからないよー」

アリソンさんはニコニコしている。イクスさんの勢いが凄いので助けてほしいんだけど。

「どこで！　どこでやったの？　僕以外の誰かにステータスを見せてしまったのかい!?」

ちょっ、イクスさん、怖いよ……

詰め寄るイクスさんの頭にゲンコツを落とすダキアさん。

「頭は冷えたかよ？」

頭を押さえ蹲《うずくま》っているイクスさんを見下ろして言ったダキアさんが、私の頭をポンポンと撫《な》でて下がった。

「今熱をもって膨《ふく》らみ始めていますよ……コブ的な意味で」

頭を押さえたままイクスさんが呟く。やれやれとため息をついてルーティアさんが説明してくれた。

まず、自分のステータスを見るという事は、普通ステータスボード——冒険者登録の時に使ったあの石板を使わないと出来ないらしい。次にクラスチェンジはステータスボードを使ってギルド職員のガイドで行うという事。

最後に、三日でクラスチェンジ出来た前例はほぼないそうで、知られたらちょっとした有名人になれるとか。これは困るかな。

二日間の静養期間は至れり尽せりだった。

ギルドの人が何かとお世話してくれて、部屋から出るのはお手洗いに行く時くらい。

体が鈍《なま》っちゃうと思ってストレッチとか軽い筋トレをしていたら、様子を見に来たルーティアさんに怒られた。やる事がなくて退屈なんだよ。

そうしていたら一日目の昼に知らない人がお見舞いに来た。

やってきたのは金髪ショートヘアの美人さん。女性にしては長身で、軽鎧を身につけ、腰には長剣を下げている。驚いたのは背中。白く美しい翼が生《は》えていた。

「冒険者ギルドのサブマスターをしている、ミルドレッドだ。気軽にミルドと呼んでおくれ、ミナ」

「よろしくお願いします」

ミルドさんは、私が退屈しているみたいだから話し相手になってやれとルーティアさんに言われて来たそうだ。お仕事はいいのかなと思っていたら、「私は基本、戦力外だから」と笑った。

事務仕事が苦手って事かな？

ミルドさんからはこの国や街の事、冒険者ギルドの事など、色々な話を教えてもらった。食事も一緒にとって、その間もルーティアさんの昔話や冒険譚《ぼうけんたん》を面白おかしく話してくれる。

ただ、帰る前に言われた事が気になった。

「君は何者だい？」

「え？」

「ルーティア達に言っていない事があるんじゃないかな？　いや、無理に聞こうとは思わない。半日一緒に過ごしてみて君に悪意がないのはわかったから、それだけで十分だ」

「いずれ話せると思います。でも、その時は皆さんに迷惑をかけちゃうかもしれないです……」

「その時は私にも聞かせておくれ」

そう言って優しく抱きしめてくれた。

「今話した事は気にしないで、明後日《あさって》からの訓練には私も参加するから」

ミルドさんは、「またね」と手をヒラヒラと振って部屋から出ていった。いつか全てを話せるといいな。

二日目は受付のお姉さんが本を何冊か持ってきてくれて、それを読んで過ごした。

この英雄譚《えいゆうたん》の本に出てくる幼き精霊使い《タイニー・ティア》って、ルーティアさんの事なんじゃ？

あとはここ、辺境都市エリストの成り立ちを解説している歴史書だった。

静養期間が明けた今日、ようやく訓練が始まる！

私はギルドの裏手の広場に来ていた。防具は自前、武器は木のショートソード。

「よーし、じゃあまずはどこまで戦えるか確認するぞ。どこからでも打ち込んでこい」

相手はダキアさん。木で出来た長剣を持っている。

――結果。

「うきゅーー」

「まあこんなもんだろうなぁ」

伸びている私を笑いながら見下ろすダキアさん。

私のショートソードはかすりもしなかった。それどころか一回攻撃する度《たび》に三回も反撃されたのだ。手加減はしてくれていたけど、十分も経たずにその場に倒れてしまった。

「容赦ねぇな」

「ミナちゃん可哀想」

「ひでぇな」

いつの間にかギャラリーが増えている。最後のひどいは私の剣捌《さば》きについてじゃないよね？

「まあ、基本から教えていくからよ。わからなければ都度聞いてくれ」

そう言って、ダキアさんは構えから剣の振り方、攻撃の捌《さば》き方を一つ一つ丁寧に教えてくれた。

「やあ、やっているね」

お昼前にミルドさんがやってきた。

「おう、遅かったな」

「ちょっと野暮用《やぼよう》がね。もうそろそろ終わりのようだけど、模擬戦をしないかい？」

「あー、ミナが疲れてなけりゃいいぜ？」

「いや、やるのは私とダキアだよ。ミナにはじっくり見て戦いを学んでもらいたい」

「俺はいいぜ。久し振りに腕がなるな！」

何かダキアさんとミルドさんが模擬戦をやる話になっちゃった。

ミルドさんから「よく見ておくんだよ」と念を押される。よく見る、よく見る……

二人は互いの武器を取り出して構えた。ダキアさんはいつも背中に背負っている分厚くて大きな剣。ミルドさんは刺突専用の剣。フェンシングでよく見るレイピアだ。え、真剣でやるの？

「二人くらいの腕になると、真剣でやっても大した怪我はしないから大丈夫だよー」

隣にアリソンさんが来て教えてくれた。二人はどちらが仕掛けるわけでもなく動き始める。

は、速い！　しかし「よく見ておくように」と言われた事を思い出し、必死に目で追う。
二人のステータスが簡易表示される。
【ダキア】　職業：冒険者　クラス：パニッシャー　レベル：二十八
生命力：三千八百二十／四千四百四十　精神力：七百九十五／七百九十五
気力：六千四百三十／七千三百九十四
【ミルドレッド】職業：冒険者　クラス：ダークナイト　レベル：二十七
生命力：二千六百二十／三千三百九十　精神力：三千八百十／四千九百五十七
気力：二千百三十／二千七百九十八
二人ともレベル高っ！　驚いている間にも目まぐるしく攻防が繰り返される。

ミルド　ステップスラスト↓フローブリンガー
ダキア　ダメージ二百五十
ダキア　バスタースイング
ミルド　回避
ダキア　グラウンドパニッシャー
ミルド　スラストブレイク　ダメージ軽減　二百

おおお！　ダキアさんとミルドさんの使っている武技《アーツ》の名前とダメージが見える！　鑑定ってこ

んな事まで出来るの!?　それから連続で鳴り響くチャイム音。何が起こっているの？

［技能、大剣技、細剣技を習得しました］

［武技《アーツ》、ステップスラスト、フローブリンガー、バスタースイング、グランウンドパニッシャー、スラストブレイクを習得しました］

幸運が作動して、目にした技を全て習得出来てしまった。そんな簡単に習得出来ていいのかな。

夢中で見ていたけど二人の戦いはすぐに終わった。

どうやら引き分けらしい。大した怪我もしていない。良かった。

「ミナもそのうちこれくらい動けるようになるよ。頑張れ」

ミルドさんはそう言うものの、当分は無理だと思う。

訓練を終えてお昼ごはんを食べる事になった。

「今日は俺が奢《おご》ってやるから付き合えよ」

そう言ってダキアさんの行きつけのお店へ。アリソンさんとミルドさんも一緒だ。

やって来たのは雰囲気の良いバーみたいなお店。カウンターでは渋いおじさんがコップを磨いている。まさか昼間から飲むとかじゃないよね？　私、お酒飲めないよ？

「マスター、いつものを二つだ」

ダキアさんがそう言って出てきたのは超大盛の牛丼。ファストフード店で出されているそれと殆《ほとん》ど変わりはない。紅《べに》ショウガまでついている。ごはんを食べるところだったんだね、良かった。

でもバーで牛丼をがっつく金髪の大男とか、絵にならないよね。

あははと乾いた笑いをこぼしていると、「こいつはお前のだ。旨《うま》いぞ、食え」と言って、ダキアさんは片方を私に差し出す。こんなに食べられないよ。

「残していいぞ。俺が食うから」

あ、はい。よろしくお願いします。

アリソンさんはハンバーグにスープにパン。ミルドさんは大盛りの牛丼だ。ちょっと意外……

結局五分の一ほどしか食べられなくて、残りはダキアさんの胃袋の中へ。

味の方はすっごく美味《おい》しかった！　一人でも来たいくらいに！

午後からは自由時間だ。とりあえず宿屋へ戻っておじさんと奥さんにご挨拶《あいさつ》。

おじさんも奥さんも私を見るなり駆け寄ってきて、「無事で良かった」と涙ながらに喜んでくれた。お客さん達からも何故か拍手を貰う。

何でだろう？　と思っていたら、どうやらピエリ茸の件でちょっとした有名人になっていたらしい。また今度沢山採ってこよう。

部屋もそのままにしておいてくれたので、取り直す必要もなかった。追加でもう一週間お願いすると、「キノコのお代でお釣りがくるよ」と言われ、支払いはなしに。

自室に戻り、今日は何をしようかと考えていたら扉をノックされる。

「はーい」

奥さんかなと扉を開けたところ、スライムに襲われていた少年達だった。

「やあ、いきなりでごめん。ダキアさんに聞いたら宿に戻っていると言われたんだ」

金髪のツンツンヘアーの少年が話し始める。

「この間のお礼も言ってなかったから」

続いて言ったのはダークブラウンのちょっと長めの髪の少年。

「その、ありがとうございました」

最後は森で会った時は倒れていた少女。栗色の長い髪を後ろで三つ編みにしている。

「わざわざお礼を言いにきてくれたんですか？　とりあえず部屋にどうぞ」

と、中へ通したのはいいけれど座る場所がない。申し訳ないけど、三人にはベッドに座ってもらった。私は立ったままで話を聞く。

「そういえば自己紹介もしていなかったね。僕はエルク、こっちはロウとニア」

金髪の少年がエルクさん。茶髪の少年がロウさん。三つ編みの少女がニアさん。

「ミナです。よろしくお願いします」

「あの時は助かりました。本当にもうダメかと思いました」

ニアさんは私の手を取りながら話す。

「いえ、偶然でしたので。でも間に合って良かったです」

「君はスライム退治が得意と聞いたんだけど、何かコツとかあるのかい？」

コツも何もスライムとしか戦った事がないんだよね。それに私はクリティカルが確実に起きるため一撃で倒せてしまっているので、そういうのはないのだけど。

「私は何故かコアのウィークポイントを突くのが上手いみたいで……出来るかわからないけどお教

えしましょうか？」

流石《さすが》に必ずクリティカルが出せるとは言えないので、言い方を変えて提案してみる。

「いいのか？」

「はい。コアの需要がかなりあるみたいだし、みんながあの方法を出来るようになったらいいかなって思うんです」

そう、冒険者ギルドはスライムのコアを欲しがっている。私のやり方が他の人にも出来るならギルドも喜ぶだろう。

「教えなければミナさんの独占状態なんじゃないのか？」

エルクさんが聞いてくる。

「私は独占したいと思っていませんし、他の事もしたいので」

ずっとスライム退治はちょっと嫌だ。もっと他の依頼もしてみたい。

「ありがとう！」

ロウさんは笑顔でお礼を言ってくる。

「教えた事がないので本当に出来るかわからないですけどね。早速森へ行ってみましょうか！」

「今からですか？」

ニアさんが聞き返してくる。

「はい。まだ日は落ちていませんし、色々確認したい事もあるので。準備とか大丈夫ですか？」

「ああ、装備を取ってくるから一時間後に門の前でいいかな？」

他の二人と相談したエルクさんが私に聞いた。

「はい！　よろしくお願いします！」

「こちらこそよろしく！」

三人と握手をして一旦別れる。

一時間後、三人と合流した私はいつもの森に来ていた。

移動しながら三人の戦闘方法を聞くと、エルクさんとロウさんは長剣を使って近接攻撃、ニアさんは魔法攻撃で援護との事。魔法！　しっかり見た事はまだない。

一度三人でのスライム狩りを見せてもらう事にした。前衛二人は用意してきた木剣を手に持つ。

索敵《さくてき》でスライムを見つけて戦闘開始。前衛組は木剣をスライムコア目がけて突き刺し、コアが砕けてゲルが溶け出す。ニアさんは詠唱後、杖から火炎を撃ち出しスライムを焼いた。

キンコンとチャイム音が聞こえてくる。今のは多分ニアさんの魔法を覚えた音だろう。焦《こ》げ焦《こ》げになったコアが転がる。結構威力ありそう。でも、森で火の魔法はちょっと怖い。

「魔法って凄いですね！」

「ここのスライムを狩るのにはあまり向かないんですよ。加減が難しくって」

そう言ったニアさんが杖でコアを軽く突くと、ボロボロと崩れてしまった。

なるほど。自分の異常さが段々と理解出来てきた。

三人の戦い方はよくわかったので、次は私の番だ。側に落ちていた木の枝を拾って持っていく。

「まさかその枝でスライムを突くのかい？」

「え？　はい。小突くだけなので尖らせなくても大丈夫です」

エルクさんに頷く。串でも倒せたもんね。スライムを見つけて、ゆっくりと近付く。

枝を構えて、コア目がけて軽く突き込む。クリティカルを知らせるチャイム音が聞こえて、スライムはブルリと震えて絶命した。

「こんな感じです」

三人とも呆気《あっけ》にとられて引いている。と、とりあえず一通り説明してみよう。

「まず、ここのスライムは動きが鈍いのでこちらも慌てて攻撃する必要はないですよね。あとは森の中で手頃な枝を拾ってコアを突くだけです。ウィークポイントに当たるまで何回も突くなら太めの棒の方がいいかもですね」

「な、なるほど」

ロウさんは相槌《あいづち》を打ってくれるけど、顔が引きつっている。

「皆さんが出来るかはわからないですが、試してみる価値はあります。まん丸のコアなら一つ二万レクスで買い取ってくれますよ」

「二万!?」

「そんなに？」

エルクさんとニアさんが驚きの声を上げる。

「はい。一つ獲《と》れれば一日分の生活費にはなりますよね。ものは試しでやってみませんか？」

「どうする？」

「やってみようよ」

「そうだな。元手がかかるもんじゃないし」

相談した結果、三人は棒を探してスライムのコアを突っつき始めた。

そして夕方。私は近くにいるスライムを二十四倒していた。変異種みたいな危険な個体がいないか警戒も兼ねて。三人は三時間も粘《ねば》っていたが、全くウィークポイントを突く事が出来ずにいた。

そろそろ帰ろうと声をかけようとした時、ニアさんが声を上げる。

「やった！　倒したよ‼」

ニアさんは駆け寄ってきた二人に、得意げにまん丸のコアを見せる。

「やりましたね！」

「はい！　ありがとうございます！」

満面の笑みでお礼を言うニアさん。

「これで二万の稼《かせ》ぎか。地道だけど今までのやり方より稼《かせ》げるんだよなぁ」

エルクさんが溜息交じりに呟く。今までやってきた方法だとそんなに稼《かせ》ぎが悪いんだ？

「木の棒がいくつダメになったか。せめて武器だけでも長持ちすりゃ少しは楽になるんだけど」

ロウさんは溶けて使い物にならなくなった木の棒を投げ捨てながら言っている。

ふむふむ、元手はかからないにしても集めるのは手間だよね。さて、どうしたものか？

「もう日も暮れかかっているし帰りませんか？」

考えていたらエルクさんが声をかけてくる。

「そうですね！　帰りましょう！」

このまま考えていてもいい方法は見つかりそうもない。エルクさんに返事をして帰る準備をする。

「その前に。《洗浄《クリーン》》」

エルクさんが魔法を使った。私の服や体の汚れが落ちていく!?　キンコンと小気味良い音が聞こえて、今の魔法を習得した事を教えてくれた。

「え？　エルクさんも魔法が使えるんですか？」

「ただの生活魔法だよ」

「生活魔法？」

ニアさんが使っていた魔法とは違うんだ？

「知らないのか？　よほど魔法に縁のない生活をしていたんだなぁ。俺も使えるよ。ほら、《着火《ティンダー》》」

ロウさんは手のひらに小さな火を灯してみせる。また頭の中にチャイム音が鳴り響く。

「凄い凄い!!」

「私も生活魔法を使えるよ！　見ていて！　《加熱《ヒーティング》》」

ニアさんは足元に溜まっていたスライムゲルに魔法をかける。ゲルは次第に固まっていき、完全な固体になった！　そしてチャイム音が聞こえてくる。

「皆さん凄いです！」

みんな生活魔法が使えるんだ！　三つとも覚えちゃった！　ありがとうございます！

「スライムって加熱すると固まるんだよ。ほらほら、ツルツルで気持ちいいでしょ？」

ニアさんが固まったスライムを指でなぞっている。私も触ってみた。

「ホントだ！　ツルツルだ～！」

ん？　加熱すると固まる？　ひょっとしたら！

木の棒を拾ってさっき倒したスライムのところへ行き、スライムゲルを絡めて戻る。

「ニアさん、これにさっきの魔法をお願いします」

私も覚えているけど、流石《さすが》に今使うのはばつが悪い。

「え？　うん。《加熱《ヒーティング》》」

木の棒についたスライムゲルが固まっていく。

「それは何だい？」

「ちょっと実験です」

スライムコーティングをした木の棒を近くにいたスライムに突き刺す。コアには当てないように。

少ししてから棒を引き抜いてみたけど棒は溶けていない。スライムコートも健在だ！

「これなら用意した武器が溶かされなくなりますね！」

三人にスライムゲルを固めてコーティングした棒を見せる。

「ホントだ！」

「私もやりたい！　貸して貸して！」

ニアさんは手渡したコーティング棒をスライムに刺してコアを突く。スライムがブルリと震えて溶け出した。

「ウソ!?」

「二個目だ！」

「うぉー！　スゲー!!」

んん？　今のって偶然？

「ニアさん、もう一度やってみてください」

「え？　はい！」

新たなスライムを見つけて再度、ゆっくりとコアを突き刺す。

すると、ブルリと震えて絶命した。四回ほど繰り返してもらったけど、全部一撃で倒せている。

やっぱり！　スライムコートがされた棒を突き刺した時、コアが向きを変えた。何故かはわからないけど、コアのウィークポイントを棒の真正面に向けてくるみたい。

「これは大発見ですよ！」

私と三人は飛び跳ねて喜んだ。


「ったく！　心配させやがって」

「まさか初日から森に行っているとは」

「真面目なのは結構だけど、訓練期間中くらい午後はゆっくりしても良いのではないかな？」

街へ戻ってすぐ、ダキアさん、イクスさん、ミルドさんの三人に怒られた。だって、ダメだって言われてないよ?

「そんな事より凄い発見をしたんです！」と言ったらダキアさんにゲンコツを落とされた。

「お前の無事以上に大事なものはねぇんだよ！　反省しろ！」

痛《い》ったぁ……かなり手加減してくれているみたいだけど、痛いものは痛い。

「明日の訓練は五割増しな」

えぇ～そんなぁ。

次の日、午前中の訓練は本当に五割増しだった。

それでも嬉しかったのは、昨日一緒に森に行った三人も訓練に付き合ってくれた事だ。

「僕達のせいでミナさんが辛い思いをするのは申し訳ない」とエルクさんが言って、朝からスパルタ訓練に参加していた。

「どいつもこいつも基本が全然ダメだ！　まず体力がなさすぎる。メニュー追加だ。ランニング十キロ、装備は全部着けたままで行ってこい！」

ダキアさん、強豪校の部活じゃないんだから勘弁してください。

「文句のあるヤツは五キロ追加だ」

鬼教官だよー。

ランニングにはミルドさんとアリソンさんも同行。ミルドさんは空を飛びながら道案内をして、アリソンさんは一番後ろを走りながら時折励ましてくれた。

走り終えた時、全員が訓練場で倒れ込んでいたのにアリソンさんは息も切らしていない。それどころか私達に水を配っていた。上位の冒険者って凄いんだね。

あとは昨日と同じで時間をかけて基本をなぞるように行い、最後に模擬戦をやって終了。

お昼はダキアさんが連れていってくれる。今日は三人増えて計七人。昨日と同じバーみたいなお店だった。ダキアさんは今日も超大盛りの牛丼だ。私はハンバーグを食べる事にした。

ダキアさんは何をやっても豪快で、面倒見の良いおじ……お兄さんって感じだ。昨日も私が帰らないのを心配して探しに行こうとしていたらしい。それなのに私は、はしゃいでしまって。

ゲンコツされたのも仕方がない。私は頭に触れながら、もっと落ち着いてみんなに迷惑をかけないようにしなくちゃと考えていた。

「なんだ？　昨日のがまだ痛いのか？」

そう言って頭を撫《な》でてくれるダキアさん。始めはワシワシと強めにされたが、次第に優しくなっていく。なんだろう、大人の人の手って安心出来るなぁ。

しばらく撫《な》でられていると、みんながこちらを見ているのに気づいた。

顔が緩《ゆる》んでいたかな？　ちょっと恥ずかしい。

「ダキアー？　いつまで撫《な》でているのー？」

ジト目で私とダキアさんを見るアリソンさん。

「ごめんなさい！」

「ミナちゃんは悪くないよー。ダキアがこれ見よがしにミナちゃんを撫《な》でまくっているのが気になるのー」

「コブになってないか確認していただけだ」

ダキアさんは特に気にする事もなく普通に答えている。

ダキアさんを取ってしまった気がして謝ったんだけど、アリソンさんが言いたいのはそこじゃなかったみたい。エルクさんとロウさんは私と目が合うとそっぽを向いてしまった。ニアさんはニコニコしながら私を見ている。

「ダキアさん、撫《な》でるの上手です。ニアさん、代わってみます？」

「違うの。ミナさんを撫《な》でたい」

えぇ……そっちですか。

それからごはんが来るまでみんなに代わる代わる撫《な》でられる。なんか照れてしまう。

アリソンさんとニアさんには抱き寄せられてしっかり撫《な》でられた。

「なるほどー。確かに撫《な》で心地がいいねー。抱き心地もいいしー」

アリソンさんの胸に埋められながら撫《な》でくり回される。お母さんみたいって言ったら怒られるかな？　見た目年齢的にはお姉さんだし。

「アリソンさん、次は私です。ミナさんを貸してください」

貸してくださいって……猫じゃないんですから。

エルクさんとロウさんはその様子を見て気まずそうにそっぽを向いてしまった。顔が赤いけど大丈夫かな？　ダキアさんはわずかに口元がニヤついていただけだった。

何かあったのかな？

午後からは自由時間の予定だったけど、このまま訓練を続けようという話になって訓練場に戻ってきた。ダキアさん達は仕事があるらしいので後は私達だけで自習する事に。

午前中に教わった基本をみんなで復習したり、木剣を使っての模擬戦をしていたりしたら他の冒険者の人がやってきた。

ここはみんなに開放された訓練場だからね。邪魔にならないように場所を空《あ》けよう。

「ルーキー達、訓練とは感心だな。俺達が軽く教えてやるよ」

そう言ったのはいつかギルドの掲示板の前で、クランに入ったけど辞めたとか話をしていたお兄さんだ。茶色の短髪で結構整った顔立ち。背が高くて見下ろされているから威圧感がある。

大手クランに入れるくらいだから相当な実力者だろう。その隣にはこれまた掲示板の前で話をしていたお兄さん。この人は長い茶髪を後ろで結んでいた。細身だけど冒険者だけあって結構筋肉がついている。私と目が合うとニコリと笑った。なんかちょっとチャラそう。

「い、いえ、午前中にダキアさんに教わった事を復習しているだけなので大丈夫です」

「まあまあ、そう邪険にするなよ。俺達だって別にお前らを苛《いじ》めに来たわけじゃないんだぜ？」

断りの言葉を口にしたエルクさんに笑いながら近づいていく短髪のお兄さん。

これってもしかして新人苛《いじ》め？　どうしよう。

「お前がミナだよな？　ヒュージヴェノムスライムを一人で倒したっていう」

「は、はい」

ひょっとして私のせいでエルクさん達を巻き込んじゃってる？

ロン毛のお兄さんも近づいてくる。思わずたじろいでしまった。

「ミ、ミナさんにはちょっかいを出さないでください！」

ニアさんが私の前に立って庇《かば》ってくれるけど、足が震えている。

「あー、そんなつもりじゃなかったんだがな」

困った顔をするロン毛のお兄さん。

「すまん、絡んできたと誤解させちまったらしいな。俺はフェルノーっていうんだ。こっちはラメイル。真面目に訓練しているお前達の手伝いをしようと思ってきただけなんだ」

短髪のお兄さんが降参のポーズで説明してくれた。ロン毛のお兄さん、ラメイルさんも頷く。

「どう思う？」

「どうだろうな？」

エルクさんとロウさんは警戒している。

「いや、マジだって。ダキアの旦那が面倒見ているルーキー達に手は出さないよ。手を出したなんて噂《うわさ》されただけで俺達が病院送りにされてしまう」

フェルノーさんが笑いながら言う。

「特にミナは、冒険者ギルドに登録した初日にダキアの兄貴が『おかしな真似《まね》をした奴は承知しねぇぞ！』って凄い剣幕で言っていたんだ」

ラメイルさんが教えてくれる。そんな事があったんだ。知らなかった。

「それにギルマスやサブマス、アリソンの姉御まで目をかけているルーキーだ。何かしたらギルドから叩き出されるのは間違いない」

ラメイルさんも笑って頷く。どうやら嘘じゃなさそう。

「わかりました。怖がってごめんなさい」

悪い人じゃなかったのなら謝らないと。親切で来てくれたのに失礼だったよね。

「いやいや、俺達も変な話しかけ方をしてしまった」

頭を掻きつつフェルノーさんが答えた。

「それよりもマジでヒュージヴェノムスライムを一人で倒したのかよ？　スゲーな！」

誤解も解けたところでラメイルさんが聞いてくる。本当はゴブリンさんと二人だったけど、それは言えない。

「はい。でも運が良かっただけですよ」

「それでもスゲーよ！　こんなに小さいのにな。こりゃあ期待のルーキーだ」

少年のように目を輝かせて言うラメイルさん。そんなに褒《ほ》められたら照れてしまう。

「まあでも基礎はまだまだなんだろう？　運の良さなんて不確かなものでこの先も生き残っていくのは難しいだろうから、しっかり訓練しないとな」

私の場合、運の良さは不確かではないのだけど、一人前の冒険者になるにはそればかりに頼っていてはいけない。フェルノーさんの言う通りだ。

二人がやって来た事で中断していたけど、監督をしてもらいながら訓練を再開する。

本人達は「ベテランというより中堅」と言っていたものの、教え方は丁寧でわかりやすい。見た目に反して凄く紳士で、構えを直す時なんて「少し体を触るよ」と断ってからだった。初めに警戒したのが申し訳なくなってしまうほどだ。

「なんだよ！　フェルノーにラメイル！　抜け駆けはズルいぞ！」

訓練所へ入ってくるなり声を上げたのは坊主頭の少年だった。この人も中堅の冒険者さんみたい。

「早いもん勝ちだアセス。諦めな」

笑って答えるラメイルさん。何の事だろうと首を傾げていたらフェルノーさんが教えてくれた。

「将来自分のパーティに誘うために、有能なルーキーとはこうやって関係を築いておくものなんだよ」

そう言ってウインクするけど、そういうのって言わない方がいいんじゃ？

「こんな可愛い子がパーティに入ってくれたらチームが華やぐってもんだ」

ラメイルさんもそう言って笑っている。可愛いってニアさんの事だよね？　違うの？

「やっぱりミナさん目当てなんじゃないですか！　ダキアさんに言いつけますね」

「ちょっ！　勘弁してよニアちゃん！　三人だって有望株なんだ。良ければうちに来てもらいたい」

慌てるラメイルさんをニアさんはジト目で見ていた。

「取ってつけたような言い訳ですねー」

「いやいやいや！　本当だから！」

フェルノーさんまで焦っている。ダキアさんがそんなに怖いのかな？

そうして初めはともかく、訓練を指導してもらっているうちに仲良くなる事が出来た。

夕方、訓練場から出るとギルドのホールにいた人達が一斉にこちらを見る。

「ミナ、二人に変な事はされていないか？」

見知らぬおじさん冒険者が聞いてきた。

「大丈夫です。丁寧にご指導してもらいました」

「何かあったらすぐに言いなよ。あたしがギルマスに言いつけてやるからね？」

褐色肌《かっしょくはだ》の女性冒険者さんが言ってくる。

「ありがとうございます。でも大丈夫です」

新人苛《いじ》めどころか、みんな凄く大事にしてくれているなあ。自分のパーティへの勧誘が目的だとしても、ちょっと嬉しかった。

他の冒険者さんからごはんに誘われたけど、宿でごはんを食べる事になっているので丁重にお断りして、エルクさん達と別れて穴熊亭へ帰る。

夕飯はキノコがたっぷり入ったシチューと、フォレストボアのお肉を香草を添えて焼いたものとサラダだった。パンは勿論焼きたてのフカフカ！　やっぱりここのごはんは美味《おい》しい！

おかげでお腹いっぱい食べてしまった。太るかなぁ？

お湯を頼もうと思ったけどやめた。エルクさんが使っていた生活魔法《洗浄《クリーン》》を覚えているはずだから試しに使ってみよう。えーと、魔法ってどうやって使うんだろう？

「生活魔法は集中とイメージが大事です。まずは心を落ち着かせて集中します。その上で起こしたい事象をイメージしてください。より明確に細部まで。最後に魔法の名前をコールすれば発動します」

ありがとうヘルプさん。早速やってみよう！

集中して、イメージをして……

「《洗浄《クリーン》》！」

私の発した言葉と同時に魔法が発動して、着ている服と体があっという間に綺麗になっていく。

「凄い！　本当に出来た！」

魔法って便利だね。そういえばニアさんの使っていた炎の魔法は生活魔法じゃないんだよね？

「ニアがミナの前で使用していたファイアは黒魔法に属します。この世界には大きく分けて四つの魔法が存在します。まずファイアのような攻撃魔法が属する黒魔法。これは大気に存在している魔法元素マナに働きかけ事象を起こすものが一般的で、攻撃魔法以外にも防御魔法や状態異常を引き起こす干渉魔法などもこれに属します。マナに働きかけるためにはルーンというスペルを唱えなければなりません」

ファイアは私も使えるんだよね？　スペルなんて知らないんだけど？

「使おうとすれば自然と頭にスペルが浮かびます。それを声に出して詠唱してください。それで発動します」

なるほど！　ありがとうヘルプさん。他の魔法も教えてもらえるかな？

「次に白魔法。これは一般的には神から力を借りて行使する魔法です。スペルの詠唱は必要ありま

せんが、神への信仰心がなければ行使する事が出来ません。属している多くは回復魔法で、身体強化魔法もこちらに属します］

ふむふむ。白魔法はまだ見た事がないよね。次は何かな？

［次は精霊魔法です。こちらはルーティアがミナを助けに来た時に使用していた魔法です］

あの時使ってた魔法が精霊魔法なんだ！　残念ながら気を失っちゃったからあまり覚えてないんだよね。それでどんな魔法なの？

［精霊魔法はこの世界に存在する精霊に力を借りて行使する魔法です。この世界には火水風土氷雷光闇の精霊が存在していて、使用するには精霊語を使って精霊に呼びかける必要があります。これは黒魔法の詠唱とは違い、精霊に期待する効果を伝えて発現を促《うなが》すものなので、行使する者によって語りかける精霊語のパターンが異なります］

つまり精霊さんにお願いをして作動させるから、唱え方は自由と。

［精霊とは個別に契約を結ぶ事が出来ます。契約精霊は本体を呼び出せる他、当該属性の精霊魔法を行使する時に威力や効果が底上げされます］

契約はどうやるんだろう？

［精霊は場によって力が変化します。砂漠なら火の精霊が強く、水の精霊は弱いです。洞窟の中なら土の精霊力が強く、風の精霊の力が弱いといったように大きく変わります。精霊の力の強い場所で精霊に呼びかけると興味を持った精霊が姿を現してくれるでしょう。そこで交渉して契約を結べば契約精霊を獲得する事が出来ます］

何だか難しそう。私はスカウトだし精霊魔法は無理かな。

[最後に生活魔法です。これは最も簡単な魔法で、魔法構造が単純なので詠唱はなく、集中力に左右されます。使用は才能によるもので、習得はレベルが上がるか他者に教わるかすると増える事がありま す。またごく稀《まれ》に自然習得します」

なるほど。だからエルクさん達はそれぞれ違う生活魔法を使っていたんだね。私は全部覚えちゃったから何だか申し訳ない気がする。

魔法については大体わかった。でも人前で使う事はやめておいた方がいいかな。私はスカウトだし、普通は覚えられないもんね。

魔法についての勉強はここまでにして今日は寝て明日の訓練に備えよう。おやすみなさい。


次の日、いつも通りに早起き出来たので軽くストレッチしてベッドを出る。

洗濯は、《洗浄《クリーン》》をかけられるから必要なくなっちゃったね。ホント魔法って便利!

朝ごはんを頂いてから冒険者ギルドの訓練場に行くと、エルクさん達もいた。

みんなで準備運動をしたりしていたらダキアさんとアリソンさんがやってくる。

「おはようございます!」

「おう! おはよう。昨日はフェルノー達が自主練を手伝ってくれたらしいな?」

「はい! お二人とも優しくて、丁寧に教えてくれました!」

お二人にはお世話になったたし、良くしてもらった事をダキアさんに報告しておこう。

「アイツら後で焼き入れてやる」

えぇ……なんで？

「嫉妬《しっと》はみっともないよー？」

ニヤニヤしながらアリソンさんがダキアさんを突っついている。

「うるせぇよ！　さあ、訓練を始めるぞ！」

ダキアさんはちょっと不機嫌そうだけど、訓練は普段通り行われた。

お昼は昨日と同じところで食べる事に。今回はチキンステーキを食べてみる。粒の細かいマスタードがかかっていて美味《おい》しかった！

今日の午後からは何をしようか？　そう考えていたらギルドから呼び出しが来た。

一昨日《おととい》、三人組が納品したまん丸のスライムコアの件だ。

私は三人と一緒にギルドマスターの部屋に向かう。ダキアさん、アリソンさん、イクスさん、ミルドさんも揃っていた。

一昨日《おととい》発見した事も含めてギルドマスターに説明する。

「なるほどねぇ。じゃあ一度立会いのもと、実演してもらおうか？」

「わかりました」

早速、全員で森の中へ。

ニアさんに一昨日《おととい》作ったコーティング済みの棒を渡して一匹目のスライムをやっつけてもらってから、それを材料にニアさんに《加熱《ヒーティング》》を使ってもらい、エルクさんとロウさんに新しくコーティング済みの棒を用意する。

「これはスゴイね」

「ええ！　誰でも出来る方法となると、とてつもない大発見ですよ！」

ルーティアさんもイクスさんも驚いていた。今までやろうと思った人はいなかったのかな？

「これなら駆け出しの冒険者でも楽に出来るし、怪我とかで長期間仕事が出来ないベテランの人も生活に困らないと思うんですよ」

冒険者は体が資本。大きな怪我をして仕事が出来なくなったら生活出来なくなっちゃう。

「そんな事まで考えていたのか。ギルドとしては収益が増えて言う事ないのだが、これを誰でも出来るようにするなら取引先にも話をしなければならないな」

「商人ギルドと打ち合わせですね」

ルーティアさんとイクスさんは二人で話し始める。

「商人ギルドとの話し合いにはミナも参加するんだよ」

ミルドさんにそう言われて驚いた。

「コアの取引の話なら私はいらないんじゃないですか？」

「新しい狩り方を見つけたのは君じゃないか。商人ギルドに説明するには本人が立ち会った方がいい」

「そうだな。急で悪いのだが、明日は午後から商人ギルドを交えての会合だ。ミナは予定を空《あ》けておいてくれ」

そうルーティアさんに言われた。何か大ごとになってきちゃったな。

とりあえず夕方までみんなでスライムを狩りまくった。

ルーティアさんを始め、ギルド関係者や上位ランクの皆さんも面白半分で参加する。

「こいつぁ面白《おもしれ》え！」

ダキアさんはえらく気に入ったらしく、夢中でスライムを倒していた。

「ダキアが駆け出しのハナタレ小僧の頃、なけなしの金で買ったダガーをスライムに溶かされて半ベソで帰ってきた事もあったねぇ」

ルーティアさんが懐かしそうに言っている。ダキアさんが子供の頃って事は十年以上前の話だね。

「う、うるせぇよ！」

恥ずかしそうに声を荒らげるダキアさん。

みんなでワイワイとスライムを狩り続けて、合計八十六匹もやっつけた。

この森、スライム多すぎない？

夜、宿に帰ってきて食事を済ませ、自室に戻る。エルクさんに《洗浄《クリーン》》をかけて貰ったから今日もお湯はなしで。

明日は商人ギルドとの会合。新しい狩りの方法を私が説明する事になっているのだけど……

スライムを退治していた時に、こっそりインベントリにスライムゲルを収納しておいた。

これを使って何かもう一つアピール出来ないかな？　色々考えてみたものの自分で出来る事は限られている。

そういえば最近ステータスの確認をしてなかった。見てみよう。

レベルは九になり、ステータスもかなり上がっていた。

そしてダキアさんとミルドさんの技能と武技《アーツ》が増えている。ホントに使えるの？　大剣ってダキアさんが背負っている剣だよね。絶対に扱えないよ？

弓だって買っただけで一度も引いてないのに、弓の武技《アーツ》、ソニックアローが増えている。これは巨大スライムと戦っていた時にゴブリンさんが使っていた武技だろう。スキルの中に精霊魔法というのが増えているのはルーティアさんだな。瀕死《ひんし》の私を助けてくれた時に使っていたからね。ただ精霊と契約していないから、まだ使えないんじゃないかな。黒魔法はニアさんのファイアだよね。あと生活魔法三つも。

素直に嬉しいけど、突然使えるようになりましたと言ったら間違いなく大騒ぎになる。みんなには黙っておこう。あと、ゴブリンさんから貰った腕輪とペンダントの鑑定も忘れていた。

【警戒のバングル】

悪意を持って近づいてくる者を感知する腕輪。真ん中についている石の色で危険度を判断する。

緑：好意的　青：友好的　透明：なし　黄色：敵意あり　赤：敵対的
【護身のアミュレット】装着者の命に関わる危機を一度だけ回避する。発動後は壊れてしまう。

何か凄いものだ。大事にしなきゃ。

そうだ、加熱《ヒーティング》が使えるという事は、スライムゲルの加工が自分で出来るようになったわけだ。インベントリから金属のお皿を取り出してスライムゲルを垂らして伸ばす。

《加熱《ヒーティング》》を使ってみよう。まずは集中。そしてイメージ。温まれ～温まれ～。

「《加熱《ヒーティング》》！」

お、おおお！　お皿が熱くなってきた！

ステータスを確認したら精神力が減り続けている。あまり加熱しすぎると火事になるかもしれないのですぐに中止。皿に垂らしたゲルはしっかりと固まっていた。

ゆっくりと皿から剥《は》がし、手に持ってプラプラと振ってみたりする。

硬いけど良くしなるし、向こう側が透けて見えるのが下敷きみたい。

これならガラスの代わりに使えるかもしれない。明日提案してみよう。

あとは、撥水《はっすい》能力がどれくらいあるかとか、強度がどれくらいあるかとか。調べてみたい事は沢山ある。バスタブを作れないかなぁ。お風呂に入りたい。

他にも色々考える事があったけど訓練と実演で疲れていたのか、いつの間にか眠ってしまっていた。


次の日、朝早くに起きた私は、《洗浄《クリーン》》をベッドにかけ、部屋を清掃してみた。こんな事にも使えるんだね。やっぱり便利だ！

朝食を済ませて午前の訓練へ。基礎体力作りのメニューをこなしたら模擬戦をやって終了！

今日の午後は会合に出る事もあって、訓練は軽めだった。

お昼を食べて、冒険者ギルドの会議室へ。

ルーティアさん、ミルドさん、イクスさんに加えてダキアさんとアリソンさんも同席してくれる。相手の人達が来る前に、今日話す内容を打ち合わせておく。

しばらく待っていると、眼鏡をかけた気の弱そうな男性と、恰幅《かっぷく》の良い、いかにも商人らしいおじさんがやって来た。

「いやぁ、お待たせしてすみません」

「いやいや、こちらこそ急な申し出にもかかわらず時間を作っていただいてありがとうございます」

ルーティアさんがおじさんと握手をする。

おじさんは商人ギルドのマスターで、眼鏡の男の人は魔物素材の流通担当だそう。自己紹介をすると「あなたが例の！」と感激されてしまった。何でもスライムコアを商人ギルドからダイレクトに依頼をしようとしていたのだけど、ミルドさんにブロックされていたらしい。

冒険者ギルドのみんなは私の知らないところで色々な事から守ってくれていたんだなぁ。

「それで、今回は――」

ルーティアさんが話を切り出す。

「あのスライムコアを大量に安定供給出来るというのですか!?」

「それは素晴らしい。詳しく聞かせていただけますかな？」

商人ギルドの二人が凄く食いついてきた。これは好感触！

ここでルーティアさんから私にバトンタッチ。私は自分がやってきたスライム狩りの方法と、新しく見つけた狩りの方法とを、順を追って説明した。

「なるほど、それで誰でもスライムコアを供給出来るのですね。わかりました」

流通担当の人は大きく頷いている。

「二つ懸念《けねん》があります。安定供給が出来るようになったとして、市場で値崩れを起こすのではないかという事と、先程の狩りの方法を真似《まね》されれば他の地域でも供給が可能という事です。どうでしょう、スライムコートを商人ギルドで登録してみませんか？」

おじさんが気になる点を指摘した上で私に提案してくる。

首を傾げているとルーティアさんが教えてくれた。

登録というのは特許取得みたいなものらしく、登録が成立すれば、他者が同じ製法を使用する場合、登録者にお金を払わなければならなくなるというものだそうだ。

正直、私は困惑した。そして、思った事を話す。

「えと、私は真似《まね》されてもいいと考えています。魔物がスムーズに倒せる事は良い事ですし、棒にスライムゲルをコーティングするなんて誰でも思いつくと思うんです。それを利権として独占するのは世のためにならないというか……値崩れにしても同じです。確かに専門に扱っている方からは恨まれてしまうかもしれないけど、安く手に入れられるようになればそれだけ暮らしが豊かになると思いませんか？」

「ほう？　つまり、売る者としてではなく使う者の事を考えて、利権にしない方が良いと？」

おじさんが鋭い目で私を睨《にら》む。

こ、怖い。怒らせせちゃったかな？　でも今更引くわけにはいかない。

「わ、私は使う側ですので」

するとおじさんがガラリと表情を変える。

「はっはっはっ！　大変結構！　しかし、お嬢さんが登録しなくとも誰かが登録してしまったら同じだ。どうしますかな？」

「で、では、登録しましょう。使用料は零《ぜろ》で」

「なるほど。お若いのに良く知恵が回る。いいでしょう」

「それともう一つ、スライムゲルの利用法を考えてみたんですけど、見ていただけますか？」

私はインベントリから板状にしたスライムを取り出して説明した。

「なるほど。ガラスの代わりに」

おじさんは板状スライムを触り、かざして向こう側を見てみたりしている。

「これなら素材も簡単に手に入りますし、加工も簡単です。ガラスよりも透明度が低いため、ガラスに取って代わるものではないと思います。より安価に窓を作る方法として提案します」

「面白いですね。こちらは登録しても良いですか？」

「はい。ただ、安価で提供したいので、あまり使用料は取りたくないです」

生活が豊かになる手伝いが出来ればいいからね。私は別に利益とかに興味はないし。

「ふむ、わかりました。価格設定はこちらでやってしまってよいですかな？」

「お願いします」

スライム板も受け入れてもらえて、会合は成功の内に終了した。

最後、おじさんが笑顔で言う。

「お嬢さん、ミナさんだったね。商人ギルドに来ないかね？　君のような面白い発想をする人材が欲しいのだよ」

「ダメだ！」

「ダメです！」

「それはダメだね」

ルーティアさん、イクスさん、ミルドさんがすかさず返事をする。

「はっはっはっ！　冗談ですよ。しかし、もしも商人になりたいという気があればいつでもお越しください。大歓迎いたしましょう」

そうしておじさんと眼鏡の男の人は帰っていく。

「全く、油断も隙もないな」

ルーティアさんは腰に手を当てて少し怒っているようだった。悪い人じゃないんだろうけどね。

まあでも、無事に終わって良かったよ。

2　クラン

次の日は午前中に訓練、午後からはスライム狩りの講習を開く事になった。

ＦとＧランクの冒険者は強制参加で、それ以上は自由参加。一緒にスライム狩りをしたＦランクの三人は講師側で、ダキアさんとアリソンさんもついてきてくれた。

驚いたのは、Ｅランク以上の参加者が意外と多かった事。コーティングの仕方からスライムの倒し方まで、本当に細かく聞かれた。私がスライムコアを突く時は大体両隣に誰かがいたしね。

皆さんすっごく真面目で感心しちゃった。

それからルーティアさんから色々な話があって、今後、ギルドとして新人の訓練を正式にやっていく事が決まった。私の訓練を見て、参加したいという人がかなり現れたらしい。先生役はＣ、Ｄランクの冒険者に依頼として出され、報酬も支払われるそう。

私にその話がされたのには事情があって、コアの買取り額を下げ、その差額分を私に報酬として渡したいとの事だった。

で、私は断った。代わりに新人教育の費用に充《あ》ててほしいと申し出たのだ。

これで私みたいに、基本がなっていないのに無茶をして大怪我するような人は減るだろう。

「ところで一つ、大事な話があるんだよ」

一通り話がまとまり、ルーティアさんと二人きりになった時だった。

「これは君のものかな？」

そう言って差し出されたのは葉っぱに包まれた何か。確かこれってゴブリンさんが使えって渡してくれたものだ。

「ええと、はい」

「これは誰から貰ったんだい？」

「森の中で会った親切な人です」

ゴブリンさんから貰ったと言ったら色々な事を詳しく話さないといけなくなる。迷惑をかけたくないから誤魔化す事にした。

「それは冒険者ではないね？　何者だい？」

「わかりません」

「まあいい。勝手に調べさせてもらったんだが、これはとても高価な薬なんだ。鑑定に出したところ、鑑定士が一千万レクス出すから譲ってほしいと言ってきてな。断るのに苦労したよ」

そ、そんなに高価なものだったの⁉

「君はその者にまた会う事がありそうかい？」

「いえ、多分ないと思います」

「一つだけ忠告だ。その者とはもう会わない方がいい。これは返しておくよ」

包みを手渡してくるルーティアさん。ひょっとしてバレてるのかな。正直に話した方がいいかもしれないけれど、あのゴブリンさん達と争いになったら嫌だ。申し訳ないが黙っておこう。

「君がそれを持っている事は内密にな」

ごめんなさい、ルーティアさん。


夜、宿屋に戻ると、食堂は何やら揉《も》め事の最中だった。

「ここにあるピエリ茸を全て買い取ると言っているのだよ。早く出したまえ」

「そう言われましても、もうありませんよ」

「では仕入れ先を教えたまえ。直接交渉する」

「これは好意で譲ってもらったものなんですよ。お金でどうこう出来るかはわからんのです」

「その相手の名前は？　早く教えたまえ」

何か偉そうな物言いの男性がおじさんに絡んでいる。整髪料か何かで固めているのか、綺麗に分けられた金髪の男性だ。身なりも良いし、どこかの偉い人なのかな？

おじさんは私の名前を出すつもりはないらしく、どう断ろうか困っているみたい。私が持ってきたものでトラブルが起きているなら名乗り出なくちゃ。

「あの～この宿屋にキノコを持ち込んだのは私なんですけど」

人集《ひとだか》りを掻き分けて男性の前に出る。整った顔立ちの人だ。不機嫌そうな表情をしていたけど、私の方を向くなり目を見開いてじっと見てくる。

「ほう。君がピエリ茸を採ってきたのか……？」

え？　何その沈黙。「嘘つけこのガキンチョが」とか思っているのかな？

「あ、あの？」

「実に可愛らしい。君、僕の妾《めかけ》にならないか？」

は、はい？　今なんて？

「不自由はさせないよ。そうだ、君のために屋敷を建てよう。使用人も五、六人つけてあげよう。

どうだい？」

「ななな！　何を言っているんですか？」

私まだ十三歳だよ？　それに妾《めかけ》って。

「平民の君を正妻に迎える事は出来ないんだ。そのかわり誰よりも愛してあげるよ」

私の手を取り、腰を抱き、顔を近づけてくる。知らない男の人の急接近に全身が粟立《あわだ》つ。

ひぃっ！　む、無理ぃーーーー!!

必死に暴れて男性を引き離し逃げ出した。

宿屋を出ると何人かの人に引き留められたけど、それも躱《かわ》してとにかく走る。

からかわれたのかな？　何にせよ初対面の人の距離じゃない。

ていうか平民がどうとか言っていたけど、本当に貴族の人だったんだ。初めて見たかも。

色々考えながら走っていたら冒険者ギルドに着いていた。

「おや？　こんな時間に珍しい。どうしたんだい？」

入ってすぐルーティアさんがいた。片手にはジョッキ。その見た目でお酒ってどうなの。

私が事情を説明するとルーティアさんの表情が険《けわ》しくなる。

「ミルドに連絡しておく。一時間したら宿に戻りなさい。それまではギルドから出ない事、いいね？」

あの男の人、なんか厄介《やっかい》な人みたい。

朝。いつも通りの時間に起床。昨日は散々だった。

多分、私は貴族の人にからかわれたのだろう。年端《としは》もいかない女の子にああいう冗談は良くないと思う。あんな事言われた事がないのだから大人な対応なんて出来るわけがない。そもそもまだ未成年なんだよ。全くもう！

とにかく、皆さんに心配をかけるのは良くない。いつも通り元気に頑張っていかなきゃ！

大事にしようと思って着けていなかったけど、これからは念のために警戒のバングルを着けておこう。これで昨日のような意地悪をされても少しは身構える事が出来るはずだ。

午前の訓練が終わり、昼からはスライム狩りの講習。昨日済ませた人達は今日は参加していない。なので人もそんなに多くないから、始めだけ参加してあとはFランクパーティの三人にお任せした。

昨日の貴族の人がまたピエリ茸の件で宿屋に来るかもしれないから、採取して宿屋のおじさんに渡しておこう。森でキノコを探す。あった！

結構いっぱい生《は》えている。品質の良いものを採取させてもらおう。宿屋のおじさんに渡す分を二十本。貴族の人に渡す用に十五本採取する事が出来た。

「おい人間」

不意に声がして、藪《やぶ》の中から出てくる弓使いのゴブリンさん。

「また会えましたね！　この前はお礼も言えませんでしたが、助けてくれてありがとうございました」

「オレはたいした事はしていない。力も弱い、森歩きも下手なお前があのスライムを倒す事が出来たのには驚いた」

「あはは。運が良かっただけですよ」

「それも実力のうちだ。オレはお前を戦士と認めよう」

そう言ってゴブリンさんは何かを投げて寄越す。受け取ってみると緑色の綺麗な石だった。

「オレ達の部族の戦士の証《あかし》だ。持っておけ」

「ありがとうございます！　そうだ、いただいたお薬を返そうと思うんですけど」

「あれはお前のものだ」

そう言うとゴブリンさんは森の深い方へ歩き出す。

「この辺りは人間が多すぎる。オレ達は住処《すみか》を変える事にした。もう会う事はないだろう」

「色々お世話になりました！　お元気で！」

「お前もな」

振り返らずに手を振りながら藪《やぶ》の中に消えていく。気配もなくなった。

また会えて良かったよ。お礼くらい言いたかったしね。

戦士の証《あかし》をインベントリにしまい、私も街へ戻る事にした。

宿屋に戻り、おじさんに宿屋分のキノコと貴族用のキノコを渡した。

おじさんは私にお金を渡そうとしてきたけど、「また美味《おい》しいキノコ料理を食べさせてください」と言って丁重にお断りする。

夕方、宿屋に戻っても良かったものの、なんとなく冒険者ギルドへ。

せっかくFランクになったんだから他の仕事もやってみたい。今日は無理でも、どんな依頼があるのか確認してみよう。

えーと、フォレストボア退治にフォレストウルフ退治。森林内の警らなんてものもある。内容は、森の中でよく見かける不審者の捜索《そうさく》をして、可能であれば何者であるかを特定する事。

他には——

「ちょっといいか？」

「え？　私ですか？」

振り返るとそこには真っ白なローブ姿の蒼髪《あおがみ》の男性と、全身真っ黒な鎧《よろい》姿の銀髪の男性。後ろには赤髪の女性もいる。声をかけてきたのは白ローブの人だ。

「最近冒険者登録をしたミナで間違いないか？」

「はい。そうですけど、何か御用ですか？」

後ろの方にいる女性から嫌な視線を感じる。さりげなく腕輪を確認してみたら、石は透明のままだ。黒鎧の人は女性に耳打ちをされて頷くと、私に近づいてきた。

「お前の力が必要だ」

「はい？」

ちょっ、何この人。逃げようとしたけど手を掴まれてそのまま抱え上げられてしまった。

ジタバタと暴れてみるものの、しっかりと抱えられていて全く逃げられない。

「おいおいおい！　何してやがるんだ！」

「おい！　誰かダキアさんを呼んでこい！」

近くにいた冒険者の人達が助けに来てくれた！

「クロウさん、これは一体何事ですか？」

「この娘が必要だ」

「必要って、本人の了承は得ていないでしょう。それでは誘拐ですよ」

「用が済んだら送って帰す。急いでいる」

受付にいる女性、ナターシャさんが黒鎧の人を引き留めるが向こうはお構いなし。私を抱えたまま出ていこうとする。

「行かせるかよ！」

「ミナを置いていけよ！」

若手の二人の冒険者が立ち塞がる。

「彼女はクラン《黒鉄《くろがね》の刃《やいば》》がゲストとして招かせていただく。道をあけてもらおう」

白ローブの人はそう言うけど、これはゲストというより拉致《らち》なんですが。

どうやって逃《のが》れようかと考えてみるも良い方策が見つからない。何気なしに腕輪を見てみると色は青：友好的？　いやいや、どう見たって友好的には見えないでしょ。

「すまない」

黒鎧の人が私にだけ聞こえるように呟く。

はぁ。仕方ない。

「皆さん、私は大丈夫です。ゲストとして招かれてみます。この事をダキアさんとマスターに伝えてください」

抱えられたまま言うのは何だか間抜けかもしれないけど、とりあえず事情があるみたいだし聞いてから判断しよう。後でちゃんと事情を説明してくれるんだよね？

外に出ると日はすでに落ちていて、街には夕闇が広がっている。

私は大通りを抱えられたまま移動していた。

お姫様抱っこではない。荷物みたいに肩に抱えられているのだ。

そう、言うなればお米様抱っこだ。それもかなりの速度で走っている。

自分でついていくから降ろしてくださいと頼んだが、「一刻を争う。舌を噛《か》むから喋《しゃべ》るな」と言われ街の入り口まで。そこでやっと降ろしてくれた。

怪訝《けげん》な顔をする衛兵のおじさんに事情を説明して外に出る。どこまで行くんだろう？

外には何頭かの馬と荷馬車が停まっていた。

「おかえりなさいクロウさん、セインさん。マイナもご苦労様。目当ての人は見つかったのね」

馬を撫《な》でていた黒のローブ姿の女性が声をかける。腰まであるアッシュブロンドの髪が綺麗だ。

「すぐに出発する」

「留守番ありがとうレイア。予定通り水晶の迷宮に向かうよ。これが最後のチャンスだ。最速でアタックをかける」

黒鎧の人、クロウさんは短く返事をして、白ローブの人、セインさんは細かく指示を出し始める。

「あなたはこっちよ。早く乗って」

赤髪の女性、マイナさんはヒラリと馬に跨《また》がると、私へ後ろに乗れと言ってきた。

「いや、俺の馬に乗れ。移動しながら事情を説明する」

クロウさんにそう言われて、前に乗せられる。

そして間もなく出発する一団。やっぱり夜駆けをするんだ。大丈夫かな……

夜。街道をかなりの速度で馬を走らせている。私が乗せられた馬を中心に、前にはカンテラを灯して先導する騎馬が二頭。後ろにも馬、荷馬車などの一団が続いている。かなりの人数がいるみたい。

大きな体に覆《おお》われるようにすっぽりと前側へ収まっている私に、クロウさんが語りかけてきた。

「俺達は《黒鉄《くろがね》の刃《やいば》》という、この辺りでは一番名の知られたクランだ」

ヘルプさんに心の中でクランについて聞いてみる。

［クランとはパーティが複数集まって作られる大規模な組織です。目的、信条、ルーツなど、共通点の多い者同士が集まって作られる事が多いです］

《黒鉄《くろがね》の刃《やいば》》のリーダーはクロウさんで、サブリーダー兼作戦立案がセインさんなのだそう。

「それで、私は何のために連れてこられたんですか？」

「水晶の迷宮というダンジョンの地下五十階にいるボスがドロップする素材が欲しい」

「それは何に使うものなんでしょう？」

「俺の妹が病気なんだ。奴が落とす素材が薬になる」

「ちなみに病名は？」

「晶化病《しょうかびょう》だ」

晶化病？　これもヘルプさんに聞いてみる。

[晶化病とは初期段階では全身が硬直し、中期になると内臓が硬化、末期には体表面が水晶のような硬化物質に覆《おお》われて死に至る病気。現在の文明レベルでは治療は難しく、ごく稀《まれ》に薬による治療で治るとされています]

怖い病気だ。エリクル草では治らないのかな？

[晶化病の治療に必要な薬の材料は、晶石竜《しょうせきりゅう》の肝、エリクルパナシーア、品質Sのディポイ草です。レアドロップは幸運に左右されます。ミナの幸運なら確実にドロップするでしょう]

おお！　ヘルプさん万能！　ついでにレアドロップについても教えてくれた。

「えっと、必要なのは晶石竜《しょうせきりゅう》の肝ですか？」

「そうだ。よく知っているな」

「他の材料は揃っているんでしょうか？　治療に必要な薬を作るにはエリクルパナシーアと品質Sのディポイ草が必要です」

「その情報はどこで手に入れた？　肝だけではダメなのか？」

クロウさんが驚いている。ひょっとして普通の人は知らない情報なのかな？

「私の祖父が薬剤師で、昔聞いた事があるんですよ」

適当に作り話をして誤魔化した。

インベントリ内のゴブリンさんから貰った薬はエリクルパナシーアだった。あとは品質Sのディポイ草。それなら少し探せば見つけられるかもしれない。

「エリクルパナシーアは私が持っています」

「本当か！　言い値で買う。売ってくれないだろうか？」

「お譲りする事は約束します。お金とかは後でいいです」

「あとはディポイ草か。奴に頼むしかないな」

ディポイ草はアテがあるみたい。それなら後は晶石竜《しょうせきりゅう》の肝を手に入れるだけだ。

「妹の病状は深刻だ。体の表面に晶化が起こり始めている。いつまで保《も》つかわからない」

それでこんな強硬手段を。家族思いのいい人なんだ。人攫《ひとさら》い同然の行為は決して許される事ではないけど、私の力で人の命を救う事が出来るのならやれるだけやってみようと思う。

「私に出来る事なら協力します。妹さんを助けましょう！」

「っ……すまない。頼らせてもらう。正式な謝罪は全てが終わってから必ずしよう」

「その時はルーティアさんとダキアさんにもお願いします。特にダキアさんには一緒に謝ってくださいね。ゲンコツされたくないので」

「もちろんだ。全ての罰は俺が受けなければならない」

夜の闇を切り裂いて一団は進む。そして明け方、ダンジョンに到着した。

ダンジョンの入り口付近には、宿屋、食堂、鍛冶屋《かじや》、薬屋、雑貨屋などが揃い、ちょっとした村が出来ていた。《黒鉄《くろがね》の刃《やいば》》はここで半日かけてダンジョンへ入る準備を行うらしい。

この世界のダンジョンは、ダンジョンコアというものが主軸となって構成されており、それを操《あやつ》るダンジョンマスターが必ず一体いる。総じて知能の高い魔物がその役割を担《にな》っていて、未《いま》だにダンジョンマスターを討伐《とうばつ》したという話は聞かないそう。

ダンジョンマスターは何のためにダンジョンを管理しているのかすらわかっていない。

ダンジョンに現れる魔物は死ぬと何かを落とし、死体はすぐ地面に吸収されてなくなるとか。吸収されるのは人間も同じで、遺体をそのままにしておくとダンジョンに吸収されてしまう。その場には衣服、装備、持ち物が残されるので、後から来た冒険者がそれを拾っていく事は当たり前。

ひょっとしてダンジョンの中で人を殺したら証拠隠滅《いんめつ》出来るんじゃ？

そんな疑問を口にしたら、「実際そういう事もなくはないよ」と、ダンジョンについて教えてくれた補給部隊のおじさんが頷いていた。

くれぐれも一人でダンジョンに入らないでおこう。

クランのチーム編成だけど、斥候《せっこう》部隊が四人一パーティ、攻略部隊が五人二パーティ、補給支援部隊が四人三パーティ、それと地上のベースキャンプに残る人が六人、プラス私の計三十三人でダンジョン攻略を行う。私は攻略部隊の一軍に入れられている。

私は幸運百を目当てに連れてこられているだけなので、他の皆さんの邪魔にならないようにしないといけない。

せめて何かお手伝いが出来ないかと思い、アイテムボックスに荷物を入れましょうかと他のメンバーへ声をかけたが断られた。「弱いあなたに預けて死んでしまったら、その場にアイテムをぶちまけられて困るのよ」だそう。

アイテムボックスの中のものって、持ち主が死ぬと出てきちゃうんだね。

ダンジョンへ潜《もぐ》る準備中、私はクロウさんに連れられて行商人のところに来ていた。

「クロウ様、いらっしゃいませ。今日は何かご入り用で？」

丸眼鏡をかけたとても太ったおじさんだ。

「品質Sのディポイ草を用意出来るか？」

「ええ、勿論ですとも！　少々お待ちを」

おじさんは後ろに停めてあった幌馬車《ほろばしゃ》へ行き、すぐに戻ってきた。

「一つありましたよ！　珍しいものですのでお高くなりますけど大丈夫でしょうかね？」

「ああ。いくらだ？」

「五百万レクスになります」

そう言ってディポイ草を渡してくるおじさん。五百万って高すぎない？　で、肝心のディポイ草なんだけど……

【ディポイ草】品質S⇕A　管理が悪いため干からびている。

品質がSとAを行ったり来たりしている。うーん。

お金を払おうとするクロウさんを引き留め、耳打ちする。クロウさんがおじさんに尋ねた。

「品質Sのディポイ草はそれしかないのか？」

「はい。なかなか採れるものではありませんので」

「確実な品質Sが欲しい。用意出来るか？」

「調達からになりますと、八百万レクス頂く事になりますがよろしいですか？」

「俺達がダンジョンから戻るまでに用意出来ていればいい。一千万払おう」

いやいやいや、待ってください。慌ててクロウさんにまた耳打ちする。

「この辺りにディポイ草の採れるところはありますか？」

「ダンジョンの周りに生《は》えているが」

「それなら私が探してみますよ」

小声での相談が終わると、クロウさんは商人のおじさんにもう一度話しかける。

「すまないが今の話、保留にさせてくれ。他にアテが出来た」

「左様《さよう》でございますか。もしそのアテが外れたら当方にご用命ください」

ニコニコしながら言うが、私を見る目は全然笑ってなかった。商人って怖い。

商人のおじさんと別れてから近くを歩いて品質Sのディポイ草を探してみる事に。

クロウさんもついてきてくれた。

品質Aのものもついでに採取する。

ディペン草が十株、ディポイ草が六個、ディパラ草の若芽が四枚採取出来た。

うーん、やっぱりSともなるとなかなか見つからないなぁ。おや？　これは？

【メルリ茸】品質A　そのまま食べると幻覚作用がある。薬にすれば麻酔など様々な用途に使える。

一応採取しておこう。五本ゲット。

それから一時間、ディポイ草を探し続けた。と、キンコンと幸運の作動音が聞こえてくる。

【ディポイ草】品質SS

あった！　Sが一つ多いけど、高い分には問題ないよね。

「ありました！」

「この短時間でよく見つけてくれた。礼は必ずしよう」

「いえいえ、これくらい何でもないですから」

品質SSのディポイ草をクロウさんに手渡す。それとエリクルパナシーアもインベントリから取り出して渡しておいた。

「すまない」

「気にしないでください。まずは薬を作って、妹さんを助けましょう！」

クロウさんが強く頷き、作られ始めたベースキャンプへ二人で戻った。

彼と別れて適当な場所で休憩しようと場所を探す。

「どうした嬢ちゃん？」

不意に声をかけられて、辺りをキョロキョロと見回した。姿を現したのは背の高い細身の男性。刀のような反《そ》りのある剣を携《たずさ》えている。歳はわからない。二十代前半くらいかな。

「まだ時間があるので少し休憩しようと思っていたんです」

「そうか。クロウと一緒にいたみたいだが何かやっていたのか？」

「はい。薬の材料を探していました」

「見つかったのか？　何を探していた？」

「品質Sのディポイ草です」

「そんな貴重なものを見つけられたのか？　お前、一体何者なんだ？」

「ええと、偶然見つける事が出来ただけなんです」

「そういえばお前、幸運が百って本当か？」

なんで知っているの？　私のステータスを知っているのはルーティアさんとダキアさんとアリソンさん、それと冒険者登録をしてくれた受付のイクスさんだけのはずだ。確かに初めてイクスさんと話した時に大声で言ってしまったかもしれないけど、この人は冒険者ギルドにいた人じゃないよね。私の情報が洩《も》れているって事？

「大丈夫だ。俺は誰にも言わないし、俺が聞いたのはギルドの関係者からだ。偶然聞いちまったが、固く口止めされている」

「そう、ですか」

信用して大丈夫かな？

「クロウ達の力になってくれるんだろう？　俺は嬉しいんだ。クロウの妹が助かる可能性が出来た事が。それを成し遂げられるなら何でも協力する。俺は一軍じゃないから傍にいてやれないが、お前の事を全力で守るよ」

クロウさん達の事をこんなに思ってくれている人がいるなんて、良いクランなんだね。

「ありがとうございます。私の幸運でレアドロップは出せると思いますので、頑張ります！」

「そうか、頼りにしているぞ。名前を名乗っていなかったな。俺はビズという。見ての通り剣士だ」

「ミナです。私はレベルも低いので足手まといですが、レアドロップについてならお任せください。よろしくお願いします！」

クランの人達とは打ち解けられない気がしていたけど、優しい人も少なからずいて安心だ。私の出来る事を全力でやろうと決意した。

品質Sのディポイ草も無事に手に入り、準備や休息やらであっという間に半日が過ぎた。

「これよりアタックを開始する。先発した斥候隊《せっこう》が最短ルートをマークしている。無駄のないように三十階まではドロップアイテムを拾わない。予定通り最初のベースは三十階層のセーフエリアに設置。第二ベースは四十階層のセーフエリアに。最終ベースは五十階層への階段手前だ。これが最後のチャンスとなる。我等の仲間、リーシャを救うためによろしく頼む」

セインさんの号令でダンジョンへ続々と入っていく。私は攻略部隊の一軍なので前列の方かと思ったら最後尾だった。

「三十階層までは一軍は温存するのよ」

同じパーティのマイナさんが教えてくれる。

ちなみに一軍は、クロウさん、マイナさん、フレッドさん、レイアさん、アロイさんと私だ。

クロウさんは黒い鎧《よろい》に黒のマント。長剣を背負っていて腰には小剣が二本。髪も黒のロングだし全身真っ黒。その姿はいかにも強そうで、みんなをまとめるリーダーって感じだ。

マイナさんは赤いロングのワンピースに赤い外套《がいとう》。髪も赤いウェーブのかかったロングだからとにかく目立つ。小剣の二刀流で戦うそうで、速度重視だからか防具は着けていない。

フレッドさんは弓使いで防具は一切着けず、特徴といえばフードつきのマントから少しだけ見えるダークブラウンの短髪くらい。冷静沈着な狩人という印象。

レイアさんは黒のローブに身を包んだアッシュブロンドの美人さん。長い杖を持っていて、落ち着いた雰囲気のあるお姉さんだ。優秀な魔法使いなんだろう。

アロイさんは茶髪の坊主頭で修道士のような服に身を包んでいる男性。厳《いか》つい顔の無口そうな人で、回復術師と聞かされなかったら格闘家かと思うくらいの逞《たくま》しさだ。

ここに私が加わって六人。私の場違い感が半端《はんぱ》ない。

で、一階層、二階層とテンポよく下りていくんだけど、みんな本当に速い。私は置いていかれないように必死でついていった。このダンジョンは十階層毎《ごと》に雰囲気が変わる。一～十階層は石壁に土の地面。十一～二十階層は石のレンガに石畳《いしだたみ》。二十一～三十階層は壁も床もどろどろの土だ。

訓練の成果か、二十二階層までは自力で何とかついていけていたけど、二十三階層からは体力の限界だった。泥に足を取られてフラついてしまい、思うように前に進めない。見兼ねたクロウさんが私を抱えて進んでくれた。今回はお米様抱っこではなくおんぶだ。

「そ、その、足を引っ張ってしまってすみません」

申し訳なくなってクロウさんの背中から声をかける。

「気にするな。元々は俺の我儘《わがまま》で連れてきている」

私を背負っていても速度が落ちる事なく、スイスイと進んでいくクロウさん。

「いいな~私も運んでもらえないかしら？」

マイナさんが運ばれる私を見ながら大袈裟《おおげさ》に呟く。

「あなたは元気が有り余っているでしょう。我慢なさい」

レイアさんが窘《たしな》めるように言う。するとマイナさんは他の人へ話しかけた。

「アロイ~私をおぶってみない？」

「重いから嫌だ」

「重くないわよ！」

アロイさんは特に気にするでもなくレイアさんに返す。

「そのおチビさんよりは重い」

まあそうなんだけどね。女性に重いって言うのはちょっと……

「じゃあフレッド」

「構わないが、一階層毎《ごと》に交代な」

フレッドさんは予《あらかじ》め返事を用意していたのか、すぐに返した。

「私がフレッドを背負えるわけがないじゃないの！」

マイアさんが怒るけど毎度のかけ合いなのか、みんな笑っている。クロウさんも少し笑った？

賑やかに会話しながらも速度は落ちない。みんな本当に体力があるんだ。私も帰ったらもっと鍛えよう。

一日で三十階層の安全地帯まで到着してしまった。クロウさんにお礼を言って降ろしてもらう。

「ここでキャンプを張る。補給部隊一班はこのキャンプの維持。斥候《せっこう》部隊は装備を整備に出しておけ。明日の早朝、四十階層に向けて出発する」

全員が到着するとセインさんが指示を出し始める。それに合わせてみんながテキパキと動き出す。

後半足を引っ張っていただけだったし、私も何か手伝おう！

「そんじゃ、食事の準備、手伝って」

補給部隊のお兄さんに指示をもらって働く事に。

「ほら！　そんな丁寧にやっていたら間に合わないよ！」

目まぐるしく動くお姉さんに食材の切り方をダメ出しされる。

「そこはそうじゃない！　貸してみろ！」

今度は一度に四つの魔法コンロを扱うおじさんに、混ぜていた大きなボウルを奪い取られた。

うはーやっぱり役立たずだー。

いやいや、しっかり皆さんのやり方を見るんだ。見て覚えて、少しでも役に立つように頑張る！

作業中に鳴り響くチャイムの音が、私を応援してくれているようだ。

その後は何とか邪魔にならないようになり、注意を受ける回数も減っていった。技能を習得したおかげなんだろうけど、コツを覚えたというのも大きいと思う。

「へぇ、ちょっとは役に立つじゃない！」

お姉さんはニコリと笑って褒《ほ》めてくれた。

「さっきは怒鳴って悪かったな。ありがとう、ご苦労さん」

おじさんも謝罪とお礼まで言ってくれる。頑張って良かった！

「お嬢ちゃん新人か？　小さいのに偉いな！」

「美味《おい》しかったよ。ありがとう、頑張ってな」

メンバー全員の食事が終わって片づけをしている時に、他のチームの皆さんが労《ねぎら》ってくれた。

素直に嬉しい。明日の食事も手伝おう！


自分の食事も終わって休憩している時に、その人達と出会った。

「あなたね。Ｆランクのクセに一軍に入っている冒険者って」

「え？　あ、はい」

「まだ子供じゃないの」

「なんでこんなのが一軍に入っているのよ」

三人の女性が私に詰め寄る。全員二十代だろう。それにしても、こんなのって酷くないですか？

「クロウ様が背負っているのを見たわ。何なのこの子？」

訝《いぶか》しげに言う女の人。実力の伴《ともな》わない私は異物にしか映らないよね。

「すみません。私はレアドロップのためだけにいる存在なので、役立たずでごめんなさい」

「何それ？　特別なギフトでも持っているの？」

「いえ、そういうわけでは――」

「じゃあ何？　どうやって水晶竜の肝を出すってのよ？」

畳みかけるように聞かれる。どう説明すればいいんだろう。

「ええと、それは――」

チラリとバングルを見たら黄色：敵意有りだった。

これは多分、嫉妬《しっと》だな。クロウさんって人気あるんだね。確かにイケメンだし、クールなところが女性を惹きつけるのかな。

「何とか言いなさいよ」

「個人の能力については秘匿《ひとく》して良い事になっていると思うのですが――」

女の人達は高圧的で、私が話し終わる前に被せてくる。

「それは冒険者ギルドの話でしょ？　ここはクランなのよ。クランに加わっているならどんな能力か教えてくれないと、どう扱っていいのかわからないわ」

どう扱うって、セインさんはクランメンバーには私の事を話してないのかな？　それなら今ここでハッキリ説明をしておくべきだろうか。

「早く言いなさいよ」

「そうやってみんなの気を引いているのかしら？」

言いたい放題言われている。睨《にら》みつけられながら囲まれているけど、不思議と怖くはなかった。

ダキアさんの方がずーっと怖い。

「私はクランメンバーになったわけではないんです。手伝いを頼まれただけで――」

「ゲスト扱いされているのは知っているわ」

「いい気になっているんじゃないわよ」

うーん収拾がつかない。私が何を言ってもわかってくれない気がする。

「おい！　何をやっている？」

困っていたらセインさんが来てくれた。

「セイン様！　ゲストの子にどうやってクランに貢献してくれるのかを聞いていたところです」

「本当か？」

セインさんが私に確認してくる。とりあえず頷いておいた。

「それならば良い。明日も早いんだ。体力の温存に努めるように」

「はい、失礼します」

三人はそそくさ退散していく。大体の状況はわかっているのか、セインさんが表情を変えずに謝る。

「すまなかったな」

「いえ、普通の反応だと思いますよ。それよりも、私の事って皆さんにはどう説明してあるんでしょうか？」

ついでというわけではないけど聞いてみた。

「晶石竜《しょうせきりゅう》の肝を手に入れるのに欠かせないメンバーだと伝えてある」

「そうですか」

「たまに勘違いして絡んでくる連中もいるかもしれないが、根は悪いやつではないんだ。私からもよく言っておく」

そう言うとセインさんは去っていく。

うーん、このクラン、コミュニケーション不足じゃないかな？

クランは実力主義の場所なので得体の知れない私が特別な待遇を受けている事に納得のいっていない人達も多いのだろう。私は手伝っている側だし厚遇を受ける事も普通かもしれない。でも私はそういうつもりで来たわけじゃない。困っている人がいたら助けたい。ただそれだけ。

私じゃないと助けられないかもしれない。それを知ってしまって見捨てる事は出来ない。

だから、今出来る事を全力でやるんだ。他人がどう思っていても関係ない！


次の日、三十一階から四十階までの行軍だ。ここのフィールドは一面氷の世界。滑って転ばないように気をつけよう。

ここからは一軍も戦闘に参加する。斥候《せっこう》隊が敵を発見したら二軍と一群が交互に戦闘をしつつ進んでいくらしい。

「ミナには何回か戦闘に加わってもらう」

クロウさんにそう言われて緊張が高まる。

レアドロップが本当に起きるのか検証するみたい。あと、三十一階層の敵に私の攻撃力でダメージを与えられるかどうかの確認だ。クロウさんに「これを使え」と小剣を渡された。

【クリムゾンエッジ】　攻撃力：百八十六　重量軽減、炎属性、状態異常付与：火傷《やけど》
ええ……こんな凄い武器を借りていいの？　落としたり壊したりしないように気をつけよう。

やがて三十二階層に入った時、私に出番が回ってきた。

「ここにいるアイシクルベアは動きが鈍い。ミナにトドメを刺させる」

「よろしくお願いします！」

パーティの皆さんに挨拶《あいさつ》だけして武器を構える。

で、早速現れたのはアイシクルベア三体。シロクマみたいなのを想像していたけど、氷漬けのクマだ。一体はレイアさんが炎の魔法の一撃で倒した。次の一体はマイナさんとフレッドさんのコンビで瞬殺。残りはクロウさんが、手加減しながら瀕死《ひんし》状態までもっていく。

「今だ。やれ」

「はい！」

クリムゾンエッジでアイシクルベアを突き刺す。炎が体中を駆け巡り、アイシクルベアが絶命する。倒れてすぐ地面に沈んでいったのだけど、そこには何かが残っていた。

【ブルーティアーズ】　青色の雫《しずく》型の宝石。氷属性の魔法を一つ封入出来る。

「何それ？　初めて見たんだけど」

マイナさんが宝石を拾う。レイアさんがマイナさんからブルーティアーズを受け取って興奮の声を上げた。

「それはまさか！　ブルーティアーズではないですか⁉」

「そうみたいです。知っているんですか？　レイアさん」

「この国の宝物庫に保管されている重宝《ちょうほう》、氷結のティアラについている宝石よ。何代か前の王妃様にどこかから献上されたとされているわ。ブルーティアーズの原石も宝石も、単体では誰も見た事がないのよ」

凍った熊が何でそんなものを持っているの？　目を丸くしていたらクロウさんに言われる。

「もう一度だ。次は全部ミナがトドメを刺せ」

「は、はい！」

次に現れたのはアイシクルベア四体。

全部私がトドメを刺したのだけど、四回ともブルーティアーズがドロップした。

静まり返る一軍メンバー。

「一つ貰っていいかしら？」

マイナさんが冗談交じりに言った。

「一応クランのものだ。帰還してから精算する」

クロウさんは真顔で答える。

「いくらになるだろうね？」

「値段がつくのか？」

フレッドさんとクロウさんは売った時の値段が気になるみたい。

「この子がいなけりゃ手に入る代物《しろもの》じゃないだろう。全部渡してしまってもいいんじゃないか？」

アロイさんはそう言うけど、こんな凄いものを渡されても困ってしまう。

「い、いえ！　私一人じゃ絶対勝てませんよ！　皆さんが弱らせてくれたおかげです！」

「やはり帰還後に精算だな」

クロウさんが話をまとめてくれた。

「実力はよくわかった」

「これなら期待出来そうね」

フレッドさんもレイアさんも予想以上の成果に満足している様子だ。

その後も余裕のある時に私がトドメを刺してブルーティアーズを十五個も入手した。

「一つはミナが持っておけ」

そう言ってクロウさんから渡される。氷の魔法が封入出来るなら、次のキャンプ地でレイアさんに何か入れてもらおうかな。

下へ向かっている全チームにレアドロップの件を話したら、全ての階で私に敵を倒させようという話になって少しもめた。晶石竜《しょうせきりゅう》が目的なのに何を言っているのかな？　それにブルーティアーズが二十個もあるんだから、お金にして分配したらかなりの額になるはずだ。

終《しま》いには、キャンプに着いたら近くの敵を倒してほしいと個人的に頼んでくる人まで現れた。

「なあ、今からちょっとモンスターを狩りに行かないか？」

声をかけてきたのは斥候《せっこう》隊のおじさん。大柄で毛深い、熊みたいな人だ。

「その、無駄な体力を使うのは良くないです。私は特にレベルが低いので、ちょっとした事で迷惑がかかってしまいますので」

「大丈夫だって！　俺が守るから。ほんの二、三体でいいんだ。頼むよ」

「何をやっているの？　クロウさんに言いつけるよ？」

おじさんの巨体の後ろから女の子の声が聞こえた。おじさんが振り返った時に姿が見える。

ショートヘアの青い髪の女の子で私より少し年上かな。

「わかったよ！　クソ！　ライファ、覚えてろ」

おじさんは捨て台詞《ぜりふ》を残して去っていき、女の子も去っていく。

「あの！　ありがとうございます！」

女の子は振り返りもせず、手をヒラヒラと振るだけだった。

戦闘の時の連携《れんけい》を見て凄くまとまったクランだと思っていたけど、そうでもないのかな？

ちょっと心配になってきた。


四十階に着いて、キャンプの準備を始める。また食事の準備を手伝った。

「アンタ見かけによらずやるじゃないの。気に入ったわ！」

「もう慣れたのか？　じゃあこっちのも頼む」

補給部隊の人達にも受け入れられて嬉しい。頑張った甲斐《かい》があったかな。

食事の片付けも終わり、レイアさんに魔法を入れてもらおうと一軍の皆さんのところに行ってみた。

「斥候《せっこう》隊の損耗《そんもう》が激しすぎるな。二軍も重傷者が出てしまった。戦闘不能者はここに置いていくしかない」

「回収は補給隊に任せるとして、再編成が必要だ。どうする？」

「一軍と二軍と斥候《せっこう》隊を合わせて二部隊にしようと思う」

「補給部隊は？」

「二部隊のうち、堅実な方に護衛させよう」

「ミナは補給部隊と一緒に動いてもらって、クロウ達は四十一階層から出る厄介《やっかい》な魔物を優先で叩いてくれ」

打ち合わせ中だった。どうやらクロウさん達とは一時的に別れる事になるみたい。補給部隊の人達って食事を一緒に作った人達かな？　それなら凄く嬉しい。

「ん？　ミナか。丁度良い、話しておきたい事がある」

セインさんに呼ばれ、決定事項の説明を受ける。私に断る理由もないし、「わかりました」と返しておいた。

打ち合わせが終わったあと、レイアさんに氷の魔法をブルーティアーズへ入れてもらう。

「今入れたのは第二十五位階の魔法、ラグフリジットよ。ブルーティアーズをかざして魔法の名前を言えば発現するわ」

位階はレベルみたいなものらしく、数字が大きいほど強力なものになるらしい。

「ありがとうございます！」

「次のエリアは炎だから、いざという時は迷わず使いなさい」

強力な切り札が手に入った！


翌日、四十一階層へ向けて出発した。

私がついていく方のチームは、マイナさん、ビズさん、そして大楯《おおたて》に金属の棍棒《こんぼう》を持った全身鎧《よろい》のおじさん、丸い大きめの盾を持った短槍使いの女の人、短剣使いの少年、回復魔術師のお姉さんと補給部隊の四人。補給部隊のメンバーは一緒に食事を作った人達ではなく、よりにもよって前に絡んできた女の人達だった。

「少し活躍したからといっていい気になるんじゃないわよ」

「足手まといにならないでね、って言ってもFランクじゃ無理な話よね」

「目障《めざわ》りだから私達の後ろを歩きなさい」

「よろしく」

最後の女の子は昨日助けてくれた子だ。この子となら仲良くなれるかな？

チラリとバングルを見る。すると赤‥敵対的。

何でこんなに嫌われているのー!?　いや、諦めない！　無理だと決めつけちゃダメだ。

この補給部隊の四人とも仲良くなろう！

言われた通り、私はみんなの後ろを歩く。

炎のエリアは今までの階層と違い、火口の中みたいな感じだった。ところどころに溶岩の川が流れていて、橋のように架《か》かっている岩を渡ったり、時には溶岩の川の上を飛び越えたりと結構ヒヤヒヤする場所が多い。落ちたら確実に死ぬよね。

溶岩から飛び出してくる火を纏《まと》った鳥や、魚の形をした魔物は戦闘要員の皆さんが追い払ってくれている。

四十一階層をクリアして四十二、四十三階と進んでいく。景色はずっと変わらない。とにかく暑い。全身汗びっしょりだ。

「大丈夫か？　手を貸してやろう」

ビズさんが最後尾まで戻ってきて声をかけてくれた。

「ありがとうございます！　でもこれくらい一人で大丈夫です」

「いや、大分無理をしているだろう。遠慮するな」

そう言って腰に手を回し、ひょいと抱えられてしまう。私が何かを言うより早く、ビズさんは溶岩の川を飛び越えていく。人を一人抱えてスイスイと進めるなんて凄い身体能力だ。

足場の悪いエリアが続く。崖のような足場の下は溶岩。それでも全員がリズミカルに飛び移り進んでいく。

と、かなり前方で溶岩が噴き上がる。崖の下から現れたのは溶岩を纏《まと》った巨大な蛇だ。

先に進んでいたクロウさん達のチームが戦っている。

「あれはクロウ達に任せて我らは先に進むぞ！」

大楯《おおたて》持ちのおじさんが全員に指示を出す。

クロウさん達を横目に先を急ぐ。

その後も溶岩鳥や溶岩魚の攻撃はあったものの、前衛の皆さんが難なく追い払ってくれた。

あと少しでこの階層も終わりかというところで、私は異変に気づく。

ビズさんが移動している方向がちょっとずつズレてきているのだ。

「あ、あの！　みんなと進む方向が違うんじゃ？」

「ああ、人を一人抱えて移動するにはちとキツくなってきた。皆、幅の狭いところを選んで渡っているからな。なぁに、すぐに追いつくさ」

何となく見たバングルは、赤：敵対的!?

「誰か！　うぐっ――」

「騒がないでもらえるか。暴れるようなら落っことしちまうかもな」

声を上げた瞬間、口を塞がれてしまった！

「悪いがこのクランともお別れだ。お嬢ちゃん、アンタはうちのボスが飼うそうだ」

ボス？　飼う？　ビズさん、何を言っているの？

「あんなレアドロップを見せられたら、欲をかいちまうのも仕方ねえよなぁ」

一度立ち止まると、ビズさんはみんなとは違う方向へ移動を始める。

そんな！　ビズさんが裏切り？　こんなところで攫《さら》われるなんて！

みんなは全く気づいてない。後列の四人は私に良い印象を持っていないせいか後ろは気にもかけていなかった。

ビズさんが大きな足場で動きを止める。やっぱり誰も気づいてくれない。いや、一人こちらに向かってくる！

あの女の子、確か名前はライファさんだ！　これで助かるかもしれない。

「成功みたいね」

「ああ、誰も気づいちゃいねぇ。認識阻害が上手くいった」

ライファさんもそっち側だったんだ……こうなったら一人で何とかするしかない！

彼女は何やら独り言を言っているし、ビズさんは気を抜いている。

抱えられているだけだから、暴れれば逃《のが》れられるだろうか。

「《イースイクアリィブリアム》」

暴れようとした瞬間、ライファさんに魔法をかけられた。視界がグニャリと歪《ゆが》み、頭がクラクラしてくる。

「幻術の一種よ。効いている間、あなたは歩くどころか立っている事すら出来ない」

キンコンと頭の中で響くチャイム。魔法を習得したみたいだけど、クラクラしてそれどころじゃない。暴れても逃げられないって事か。

下手をしたら溶岩の川に真っ逆さま。これはいよいよマズイかも。

「安心しろって。悪いようにはしねぇから。言う事さえ聞けば何不自由なく暮らせるように取り計らってくれるさ」

「人を攫《さら》っておいて、悪いようにはしないって……言う事を聞かなかったらどうなるんですか？」

グルグルと回る視界に気持ち悪くなりながら、ビズさんに訊く。

「さてな。奴隷《どれい》にして無理矢理か、体にモノを言わせるか。あと数年すればボスも可愛がってくれるだろうがな。何なら今から俺が可愛がってやろうか？」

「よしなさい。ボスに殺されるわよ」

「あなた達はどこの誰なんですか？」

「時間稼《かせ》ぎのつもりかしら？　無駄よ。私達には誰も気づかない。このクランには幻術使いは私しかいないもの」

ライファさんは不敵に笑う。どうだ、手も足も出ないだろう？　そう言わんばかりだった。

悔しい、バングルで警戒していたつもりなのに。私はバカだ。この状況ではどうする事も出来ないのかな、と周りを見回す。すると遠くに人の影が見える。クロウさん達が先行しているチームを追いかけているのかもしれない。頭の中で響くチャイム。これのどこが幸運なの？　ってあれ？　幻術が解けている？　これならイケるかも！

「そろそろ行くぞ。脱出地点まではもうすぐだ。ダンジョンから出ちまえばもう見つからねぇ」

ライファさんの使ってた幻術魔法、噛《か》みそうな名前の魔法を一《いち》か八《ばち》か!!

「《イースイクアリィブリアム》！」

「なっ!?」

さっきのライファさんの独り言の真似《まね》。口の中で短めの詠唱をして、まずライファさんに向かって幻術魔法をかける。直後、彼女はその場にへたり込んで頭を押さえた。

「バカな⁉　幻術魔法だと⁉」

驚愕の声を上げるビズさん。

「もう一回！　《イースイクアリィブリアム》！」

「うっぐぅ」

ビズさんはその場に倒れた。やった！　何とか無力化出来たって、あれ？

私もフラフラと地面に倒れ込む。

精神力切れ、かな。遠くから声がする。私はその場で気を失ってしまった。


「申し訳ありません！」

「俺達も迂闊《うかつ》だった。攻略にばかり気を取られてメンバーの素性など気にも留めていなかった」

「それよりコイツらはどうするんだ？」

「ここで始末して良いんじゃないの？」

「いや、どこの間者《かんじゃ》か聞いてからだ」

沢山の人の声が聞こえる。ここはどこだっけ？　そうだ、ダンジョンだ。私は気を失って――

「ん？　目が覚めたか！」

目を開けたらセインさんが見えた。クロウさんやマイナさん、レイアさんもいる。

「あれ？　皆さん、どうしてここに？」

「どうしてって、あれだけ遠慮なしに魔力を放出したら魔法使いじゃなくてもわかるよ」

そう言ったのはフレッドさん。彼は少し離れたところに立っていた。

説明によると、あの後すぐにクロウさん達が駆けつけてくれて、魔物に襲われる事もなく私は助けられたそうだ。

ビズさんとライファさんの二人はフラフラと逃げ出そうとしたため、拘束《こうそく》されている。

私は攫《さら》われかけた事、ビズさんの話した内容をなるべく詳しく説明した。

「そうか。仲間が外にいるのかもしれないな」

「帰りに鉢合わせたって事もあり得るのね」

アロイさんとマイナさんが話している。

「俺達に喧嘩《けんか》を売るとは良い度胸だ。ぶっ潰してやろうぜ！」

そう言ったのは確か斥候《せっこう》隊にいたお兄さん。名前は知らない。

「ダメだ。リーシャに薬を届ける事が先決だ」

「ああ。奴らもこのままでは済まさない。だが今は晶石竜《しょうせきりゅう》の肝だ」

クロウさんとセインさんがクランのメンバーを諭《さと》す。みんなすぐに冷静さを取り戻した。

「とりあえず一番近いセーフエリアまで行こう。この二人はそこに置いていく」

「地上の補給班と連絡をとって、応援を寄越してもらおう。人員補充と二人の連行のためだ」

「戦闘部隊を二チーム、斥候《せっこう》部隊を一チームだ。ほぼメンバー全員になってしまうがいたし方ない」

クロウさんとセインさんが打ち合わせを始める。他にもクランメンバーがいるらしい。

とにかく、予定より遅れているのは間違いないので先に進む事になった。

途中トラブルがいくつかあったものの、クラン《黒鉄《くろがね》の刃《やいば》》は四十九階層までやって来ていた。

「もう少しで最後のセーフエリアだ。みんな気を抜くなよ！」

大楯《おおたて》のおじさんが私の側で声を張り上げる。あの一件から私は戦闘部隊の真ん中に配置されていた。敵の攻撃に晒《さら》される事はあっても、おじさんと丸盾のお姉さんが防いでくれるので怪我はない。

ほどなくして無事にセーフエリアに到着した。食事の準備に入る。

手伝おうとするも、補給部隊の女性三人に「邪魔よ」と言われてしまう。

この三人は私が攫《さら》われかけた時に近くにいたのに異変に気づけなかった事を少なからず責められていた。私のせいで怒られたのだと逆恨みをしているのだろう。

いや、逆恨みじゃないか。私がもっとしっかりしていれば迷惑をかける事はなかったのだから。

まずは謝ろう。

「あ、あのっ！　四十三階層ではご迷惑をおかけしました。ごめんなさい」

「今更何を言っているのよ」

「本当、あなたのせいで私達はいい迷惑だわ」

ちらりと見たバングルは赤：敵対的。

ごもっともです。今日はもう大人しくしてよう。

「あ、そうだ。あなたでも出来る事があったわ。頼まれてもらえるかしら？」

「は、はい！」

「向こうの急斜面の中間辺りに水が湧いているところがあるのよ。水を汲《く》んできてもらえる？」

「わかりました！」

バケツを受け取って小走りで向かう。こんな場所にも水なんて湧くんだなぁ。

で、斜面に来たら、確かに中ほどに水の湧いているところがある。

そんなに急斜面でもない。気をつけて降りれば問題なさそう。ゆっくりと降りていく。

斜面の土は思ったより崩れやすい。一歩ずつ慎重に、あと三歩、二歩、一――

突然足元が崩れた！　慌てて上に登ろうとするけど足をかけても斜面が崩れてしまう。手を使っても止まらない！

結局下まで滑り降りた。怪我はないものの上までは十メートル以上ある。上がるには一苦労だ。

「あらぁ？　水を汲《く》みに行ったゲストの子が見当たらないわー？」

「大方どこかでサボっているんでしょう？　放っておきましょ」

「まあいいわ。やる気のない子が周りにいると目障《めざわ》りだし？」

上の方ではわざとらしい会話が聞こえる。

あはは。仕返しって事かな？　まあ、これくらいで気が晴れるなら別に良いけどね。

とりあえず上に登らなくちゃ。

それからしばらく経っても、私はまだ斜面の下にいた。

ダメだー上手く登れない。土が崩れてしまって足をかけるところがないよ。この斜面って、下に来れば来るほど土が脆《もろ》く崩れやすい。さてどうしたものか？

ビタン。

ん？　後ろの方で何か音が。

ビタン。ビタン。

スライムだ。真っ赤なゼリーが跳ねながら迫ってきている。結構大きくて、私の身長くらい。

【クリムゾンゼリー】レベル：三十二　生命力：三千六百／三千六百
ヤバい。森の巨大スライムよりも動きが速い上にレベルも高いよ。

何より私は武器を持っていない。慌ててアイテムボックスから木の槍を出して構える。

「誰か！　誰かいませんか⁉」

精一杯声を出してみるものの反応はない。

目の前のゼリーが体の一部を触手のように細く長く上に伸ばし、一気に振り下ろしてきた！

体を捻《ひね》るみたいにして左側に躱《かわ》す。何とか避けられたけど、この触手、とんでもなく熱い。触手が触れた地面はジュッと嫌な音を立てる。当たったら即死かも。

そうだ、切り札！

「《ラグフリジット》！」

インベントリからブルーティアーズを取り出してゼリーに向かって構え、魔法の名前を叫んだ。

一瞬、視界にターゲットポイントに似たマークが四つ現れる。四回撃てるって事かな？

思い切って三発はゼリーのど真ん中に、残り一発は真上に向かって放った。

ゼリーは真ん中から凍っていき、爆発して体の半分が吹き飛んだ。

凄い威力。倒せたかな？　倒せてなくてもお願い！　誰か気づいて！

しかし、ゼリーはなおも動く。体の失った部分を補うように無事な部分が移動している。

チラリとコアが見えた！

「そこだー!!」

一気に間合いを詰め、手に持った木の槍を突き出す。

ゲルに当たってドロリと溶けてしまったけど手応《てごた》えはあった！　コアに先端が触れている。

ゼリーはブルリと身を震わせて、コアからゲルが溶け落ちた。

「はぁっ……はぁっ……！」

緊張から解放されて、大きく息を吐く。

倒したゼリーのゲルもコアも地面に消えていく。代わりに短剣が落ちていた。

【フレアダガー】　攻撃力：二百六　重量軽減、炎属性。一日に一度、第二十九位階魔法《クリムゾンフレア》を放つ事が出来る短剣。

凄い武器をドロップした。

「おい！　大丈夫か？」

斜面の上から声が聞こえる。気づいてくれたんだ！　これで上に戻れる！

私の救出後、ボスを目の前にしてまた会議が始まっていた。内容は女性三人が私をあの場所に行かせた真意について。

セインさん達はビズさん達と同様、補給部隊の三人もどこかの間者《かんじゃ》ではないかと疑っていた。

三人はちやほやされる私が気に入らなくて、軽い嫌がらせのつもりであそこに誘導したらしい。あそこで魔物を見た事はなく、セーフエリア外だとは知らなかったそうだ。

新人が入る度《たび》にイタズラであそこに落としたりしていたとか。

何にせよダンジョンでふざけるのは良くないと思う。

ちなみにあのゼリーだけど、レアモンスターであり、私一人で倒したのだからドロップ品は私のものという事になった。それから私も意見を言う。

「セインさんとクロウさんはクランのメンバーともっとコミュニケーションを取った方がいいと思います。メンバーだって人間です。色々な思いもあるだろうし、不満だって溜まるでしょう。皆さんお二人を慕ってついてきてくれているのだから、もっと大事にしてあげてください」

二人は「わかった」「反省する」と短く返事をしてくれた。

余計な事かもしれないけれど、メンバーのメンタルケアもしてあげてほしい。そうしたらもっと良いクランになると思う。

そうして応援が来るまでの二日間、ここに留まる事になった。

またブルーティアーズにラグフリジットを入れてもらい、装備の点検をする。

私の武器はショートソードにフレアダガー。ダガーは抜き身だったので相談したら、大楯《おおたて》持ちのおじさん、ベッツさんが鞘《さや》を作ってくれた。お金を払おうとしたけど、「色々迷惑をかけてしまったからな」と受け取ってくれなかった。

食事の支度を手伝うのは諦めている。バングルを見てみたら透明になっていたが、あの三人も私が近くにいると嫌だろう。準備に時間を充《あ》てる事にした。

そういえば、ダンジョンに入ってから一度もステータスの確認をしていない。

そう思って見ると十レベルになっていて、横に※がついた！　クラスチェンジ出来る。

クラスチェンジ先はシーフかレンジャー。シーフは武器の扱いが上手くなったスカウトらしい。盗賊って意味だけど、別に盗みをする必要はないし、私自身やるつもりはない。

レンジャーは野外活動のエキスパート。弓の他に罠の設置も得意なのだとか。あと格闘術も得意。なるならレンジャーだ。弓は全然使ってないが、野外活動はこの先必要だし、格闘術は欲しい。あんなにホイホイ攫《さら》われていたらいつか大変な目に遭《あ》う。武器なしでも戦えるようになっておいた方が良い。あ、勝手にやったらイクスさんが怒るかな？

でも今はそんな事言っている場合じゃない。レンジャーになる！

そうしてジョブチェンジをしたらレベルが一気に上がって十二になった！　ずっと見てなかったから経験値も溜まっていたんだと思う。ボス前なので少しでも強くなるのは嬉しい。

次の日は覚えたての格闘術や、短剣を使った立ち回りをクランの人達に教わった。

「ミナは筋がいいな。教え甲斐《がい》があるよ」

格闘術と短剣術は四十一階層から一緒だった少年、ロジャーさんに教わっていた。

特に格闘術、護身術に近い体捌《たいさば》きは入念に教えてもらう。あんな事があった後なのでクランのみんなも一層警戒してくれているけど、私自身も対応出来るようにならなくちゃと思ったからだ。

「刃物で脅《おど》されても怯《ひる》まなければどうにかなる。ミナはすばしっこいから上手く体を使えば相手を制圧出来るよ」

「でも、私よりも力がある人を押さえるなんて出来ないですよ」

「それが出来るんだな。試してみようか」

ロジャーさんが鞘《さや》に納めたままのナイフを渡してきた。

「これで俺を攻撃してみて」

言われた通りナイフでロジャーさんを攻撃する。なるべく隙のないように鋭く突きを繰り出した。

ロジャーさんは私の突きを軽くいなし、肘を掴んで体の向きを変えて――

気がついたら地面に転がされていた。凄い、よくわからないうちに倒されちゃった！

「俺は力を全然使っていないよ。体捌《たいさば》きを覚えればミナでも出来るから、練習してみようか」

「はい！」

そうして何度もやっているうちにコツがわかってきた。この動きだけなら実戦でも出来そう。

「やっぱりミナは覚えがいいな。教えているこっちも楽しくなるよ。そろそろ休憩にしよう」

私に付き合って何回も地面に転がっていたロジャーさんは息が上がっていた。ごめんなさい。

「ありがとうございます！　ロジャーさんはクランに所属してどれくらいになるんですか？」

「二年かな。十二の時にセインに拾われて以来、ここで世話になっているよ」

今の私よりも若い頃からこのクランに所属しているなんて。

「そんなに若い頃から腕の立つ冒険者だったんですか？」

「そんなわけないよ。当時はまだ駆け出しのヒヨッコ冒険者だったんだ。同い年の仲間達と冒険者を始めてすぐだった。薬草の採取中に山賊に襲われてさ。そこにセイン達が偶然通りかかって助けてくれたんだ」

「じゃあお友達もクランに？」

「助かったのは俺だけだったんだよ」

ロジャーさんは寂しそうに笑う。

「その、ごめんなさい」

「気にしないで。助かったけど孤児だった俺には身寄りもないし、もう仲間もいない。途方に暮れていたらセインが『うちに来い』って言ってくれてさ、実力の伴《ともな》わない俺は下働きをしながら戦い方を教わった。クラン内で酷い苛《いじ》めにも遭《あ》ったけど、セインに恩返しがしたいと思って辞めずに頑張ってきたんだ」

セインさんって無機質な感じがしてちょっと怖い印象だったけど、優しいところもあるんだね。

「今回ミナを無理やり連れてきた事は決して許される事じゃないと思うけど、もうミナの能力に頼るしかないんだ。リーシャを助けるために力を貸してほしい」

ロジャーさんは真っすぐ私を見ながら言ってくる。

「もちろんです。私は自分の意思でここにいます。初めからクロウさんの妹さんを助けるために参加しているんですよ」

「ありがとう。それとビズとライファの事は俺達の不注意だった。もうあんな事は二度と起こさせないよ」

「はい。私は弱いので皆さんに守ってもらわないと何も出来ません。よろしくお願いします」

「ミナは本当にいい子だな。可愛いし、特殊能力を抜きにしても傍に置いておきたくなるよ」

「またまた、お世辞なんて言わなくていいですよ！」

褒《ほ》めてくれるのは素直に嬉しい。ロジャーさんは気を遣ってくれているんだね。優しいなぁ。

「お世辞じゃないんだけどなぁ。さて！　休憩はこれくらいにして訓練を再開しよう！　晶石竜《しょうせきりゅう》と対峙した時の立ち回りも教えておくからな！」

「よろしくお願いします！」

ロジャーさんと訓練をしているとマイナさんがそっと声をかけてきた。

「あなた、どうやってクラスチェンジしたのよ？」

マイナさんは生物鑑定持ちらしい。前に感じた嫌な視線の正体は鑑定だったんだ。

「えーと」

「ま、まあいいわよ。気づかなかった事にしておくわ。沢山借りもあるしね」

「ありがとうございます」

鑑定が出来る人なら、私が独自にクラスチェンジをしたと気づけるんだね。

結局迂闊《うかつ》な私。もっと色々気をつけないと。


次の日、応援の人達が到着して、いよいよ晶石竜《しょうせきりゅう》戦だ。

戦闘部隊は十二人、六人ずつの二チームと、レアドロップ要員の私と護衛二人、計十五人で挑む。

残ったメンバーはこのセーフエリアで待機。トドメは私が刺す事になっているけど、弱ってくるまでは離れて様子見だ。私の護衛にはベッツさんと丸盾持ちのお姉さん、メイアさんがついてくれる。

最下層のフロアには一度に十五人までしか入れないようになっていて、それ以上の人が入るとボスが逃げてしまうらしい。

「トドメの時は知らせる。絶対に無理はするな」

「これまで散々迷惑をかけてしまったがこれで最後だ。よろしく頼む」

クロウさんとセインさんが声をかけてくれる。

五十階層への階段を降りてすぐの部屋に入ると、そこは一面真っ白な石で作られた大きな空間だった。

幅は二十メートル以上、奥行きは何百メートルあるのか。壁は真っ白すぎて距離感がつかめない。

天井は何十メートルも上で、光の玉がいくつか浮かんで部屋全体を照らしている。

「全員打ち合わせ通り、隊形を維持」

セインさんの号令で、戦闘部隊は前後二チームに分かれた。私達は更に後方。

慎重に前進していくと、轟音《ごうおん》と共に部屋全体が激しく揺れ出す。

「なんだ⁉　今までこんな事はなかったぞ！」

「全員落ち着け！　周囲を警戒せよ！」

私は来た方向を振り返る。大きな地震があった時はまず退避路の確保だよ。ってあれ？

「あの！　入り口がなくなっています！」

「なんだと？」

「本当ね。こんな事は今までなかったわ」

クロウさん達に教えないと！　しかし、声をかけるより早くそれはやって来た。

上から落ちてきて着地したその魔物はドラゴンだ。

しかもただのドラゴンではない。全身水晶の鱗《うろこ》で出来た大きなドラゴンだった。それも、二体いる。

「無理だ！　撤退！」

「ダメだ！　退路を塞がれた！」

「落ち着け！　一チームずつで戦う！　とにかく二体を引き離せ！」

セインさんが指示を飛ばす。すぐに対応する戦闘部隊の十二人。私は護衛の二人に言う。

「お二人も援護に行ってあげてください」

「いや、我らは君の護衛だから」

「そんな事言っている場合じゃないですよ！　通常の倍の敵をいつものメンバーじゃない状態で戦うんですから！　私は距離をとっていますので行ってください！」

「む、わかった。すまないミナ。行くぞメイア！」

「ミナ、ありがとう。あなたも気をつけて」

護衛の二人は戦闘部隊の応援に向かっていった。さて、私は距離をとって様子を見よう。

斥候《せっこう》部隊の人が牽制《けんせい》しながら、二匹の晶石竜《しょうせきりゅう》を引き離しにかかる。

もう一匹の方もクロウさんが浅く斬りつけつつ反撃を誘い、誘導していく。

セインさんはある程度二匹の距離が離れたところで魔法攻撃を開始した。

「ブレスくるぞ！」

「間に合え！」

ブレスの瞬間、ベッツさんがみんなの前に滑り込む。

「《大防御》！　うぉぉぉ!!」

構えた盾の何倍も大きな防御壁が現れて、ブレスの一撃から全員を守った。

「ベッツ！　助かった！」

「おう！　さっさと片付けるぞ！」

もう一匹もブレスを吐こうとしたけど、メイアさんがすでに到着している。

「大丈夫。私が来たわ」

盾を構えずに両手を広げ何かを呟く。きっと補助魔法だ。

おかげでブレスは全員を包み込んだものの、大したダメージはなかったみたい。

「助かる！」

「回復は任せなさい」

また、メイアさんはすぐに範囲回復魔法で味方の傷を癒《いや》す。

確かベッツさんのクラスはイージスというウォリアーの上位クラス、メイアさんはセーフガードっていうプリーストの上位クラスだ。二人は味方を守る事に特化している。

防御極振りの二人を私の護衛につけたから、当初の予定ではドラゴンがブレスを放つ瞬間に魔法や爆弾をぶつけて止める手筈になっていた。ドラゴンが二匹になった事で手が足らず、各自で防御しなければならなくなってしまったものの、二人が間に合った今なら、何とかイケるんじゃないかな。

ドラゴンの攻撃は多彩で、ブレスに、尻尾や翼による薙《な》ぎ払い、噛《か》みつきや体当たりもしてくる。人間よりも遥《はる》かに大きいので一撃が凄く重い。ベッツさんとメイアさんは体当たり以外の攻撃は盾で受けているけど、他の人は回避に専念している。

チームそれぞれの連携《れんけい》も臨時補充のチームとは思えないくらいしっかりしていて、誰かに攻撃が向けば死角から誰かがドラゴンへ攻撃をする。避けられない攻撃は防御に専念して回復してもらうか、あるいはベッツさんやメイアさんが代わりに受けていた。

問題があるとすればスタミナかもしれない。

戦闘開始から十五分。全員が全力で動き続けている。少しずつだけど動きが悪くなり始めてきた。

一方のドラゴンは疲れなど一切見せず二匹とも暴れ回っている。

そして、戦闘開始から二十分、戦局が大きく動く。クロウさんがドラゴンの翼を切り取り、セインさんの魔法がもう片方のドラゴンの右腕を吹き飛ばした！

「もう少しだ！　全員気合を入れろ！」

セインさんが吠える。

クロウさんの方のドラゴンが咆哮《ほうこう》と共に動きを止めた。蹲《うずくま》って何かを準備している……！

やがて鱗《うろこ》の間から光が漏《も》れ出す。

「全員警戒！　何か仕掛けてくる！」

クロウさんは飛び退《の》きながら仲間に警告する。直後、水晶のような硬い鱗《うろこ》を撒《ま》き散らしドラゴンが爆発した。その勢いは凄まじく、かなり離れている私のところまで鱗《うろこ》が飛んできた。

鱗《うろこ》を躱《かわ》してみんなの方を見る。

すると、全員倒れていた。無数の鱗《うろこ》に貫《つらぬ》かれて動かない人もいれば、起き上がろうとしている人もいるけど、みんな重傷を負っているのは確かだ。そんな！　このままじゃ……

爆発したドラゴンは跡形もなくなっていた。もう一匹の方が動き出す。みんなが危ない！

私は走り出した。ドラゴンの気を引かないと！

「来るな！」

剣を支えにしながら立ち上がろうとするクロウさん。

「でもこのままじゃ――」

「来るんじゃない！」

倒れたままのセインさんが叫ぶ。

「そうよ！　手負いの蜥蜴《とかげ》一匹、すぐにのしてやるからよく見てなさい」

体の至るところに鱗《うろこ》の破片が突き刺さっているのに、マイナさんも立ち上がる。

そうしている間にもドラゴンは瀕死《ひんし》のみんなにトドメを刺そうと動き出した。

踏みつけか、噛《か》みつきか。いや、私の方を見た。そしてなおも立ち上がろうとするクランメンバー達を見渡してから、ゆっくりとこちらに向かってくる。

「な!?　待て！　お前の相手は――」

みんなドラゴンを追いかけようとするが、足が動かないみたいだ。

「ミナ、逃げろ!!」

悲痛な叫びが部屋に響く。

やるよ、私。どうせ逃げ場はないのだから。

普通にやったって勝ち目なんかない。当たれば即死、怖くてもやらなきゃ。

ゆっくりと後退《あとじさ》りながら鑑定を使う。

【晶石竜《しょうせきりゅう》】レベル：四十　生命力：二千四百二十／三万二千　精神力：五千三百二十五／八千　気力：四千三百二十六／九千
私の攻撃が通るとは思えない。ドラゴンはゆっくりと獲物を追い詰めるように迫ってくる。

どうする？　どうしたらいい？

その時、ふいに声がした。

［防御力の優れた者にも、ごく稀《まれ》に無条件で攻撃が当たる事があります］

ヘルプさん！　ごく稀《まれ》に……つまりクリティカルのダメージは通る！

ショートソードの攻撃力じゃ大したダメージは与えられないけど、フレアダガーなら！

よし、出来る事は全部やってみる！

ブルーティアーズを取り出してラグフリジットを発動！　四発とも当たりやすい体の部分に放つ。

思いがけず強力な魔法を受けて動きを止める晶石竜《しょうせきりゅう》。効いている！　次は――

怒りの咆哮《ほうこう》を上げ、突進を仕掛けてくる晶石竜《しょうせきりゅう》を後ろに下がりつつ、よく引きつけ……今！

「《イースイクアリィブリアム》！」

生物なら幻術魔法が効くはず！　予想通りよろめいた。突進する瞬間に平衡感覚を失ったドラゴンは前へ身を投げ出すように倒れ、巨体が滑りながらこちらに来る。なおも翼や前足をバタつかせて私に攻撃をしようとする動きを慎重に見極め、頭に飛びついた。

「やあぁぁ!!」

ダガーを引き抜き両手で首に突き刺す。刃が鱗《うろこ》の間に滑り込んだ！

苦痛に吠えるドラゴン。しかし短いダガーでは致命傷にはならない。

まだ！　これならどうだ!!

「《クリムゾンフレア》!!」

渾身《こんしん》の力を込めて第二十九位階魔法の名前を叫ぶ。ダガーが熱を帯びて発動を確信した。

刃から炎が迸《ほとばし》りドラゴンの体内を焼く。切り札は全部出した。これで倒せないなら、もう一度距離をとって時間稼《かせ》ぎしかない。鑑定で確認を。

【晶石竜《しょうせきりゅう》】レベル：四十　生命力：零《ぜろ》／三万二千　精神力：五千三百二十五／八千
気力：四千三百二十六／九千
生命力零《ぜろ》。じゃあ！

全身の鱗《うろこ》の間から炎が噴き出す。驚いてダガーから手を離し飛び退《の》いた。晶石竜《しょうせきりゅう》は力なく横たわったまま地面に沈んでいく。残ったのはダガーとドロップ品の晶石竜《しょうせきりゅう》の肝だった。

「はぁっはぁっ。や、やった……！」

そうだ、みんなは？

「倒しちまった……手負いとはいえ一人で晶石竜《しょうせきりゅう》を……」

「戦闘、終了。重傷者の救助を最優先だ」

ざわめきの中、セインさんが戦闘の終了を宣言して指示を出す。

「負傷者が多すぎる。アイテムを使って回復しろ」

クロウさんは自分の持っているポーションを取り出して一気に飲んだ。他のメンバーもポーションで回復を始める。どうやらみんな生きているみたい。致命傷は避けたんだろう、流石《さすが》だね。

「なんだ⁉　警戒！」

晶石竜《しょうせきりゅう》の肝をインベントリにしまって、みんなのところに向かっている時に斥候《せっこう》隊の一人が叫んだ。

直後、上からドラゴンが降ってきた。さっき倒したドラゴンと同じサイズの晶石竜《しょうせきりゅう》だ。

「おいおいウソだろ……」

アロイさんが竜を見上げながら呟いた。

「回復が済んだ者から戦闘態勢！　負傷者は後退しろ！」

セインさんが叫び全員が動き出す。慌てふためくクランメンバー達に話しかける者がいた。

「やあやあ、初めまして」

ドラゴンの背中から姿を現したのは、豪華なローブを身に纏《まと》ったガイコツだ。

「何者だ？」

「まさか——ダンジョンマスター？」

「察しが良くて助かるよ。流石《さすが》はこのダンジョンを何回も攻略しているクランだ。私はノスフェラン、見ての通りのアンデッドさ」

豪華なガイコツ、ノスフェランは大袈裟《おおげさ》にお辞儀をしてみせる。

「ダンジョンマスターが俺達に何の用だ？」

「君達には用はないよ。私が用のあるのは、そこのお嬢さんただ一人さ」

クロウさんの問いかけに答えながら、ノスフェランは肉のない右手を私に差し向けてきた。

「わ、私に何のご用ですか？」

「君、凄いね。レアドロップ率六百万分の一のブルーティアーズを連続二十個もドロップするなんて。興味が湧いてしまったよ。こっちにおいで。私のものにしてあげよう」

ノスフェランの眼球のない眼が怪しく光った。頭の中でチャイムが鳴るだけで何も起こらない。

だけど……

「ミナをお前に渡すわけにはいかん」

「戦える者はミナを守れ！」

クランのみんなが私を守ろうと動き始める。心強いし、素直に嬉しい。でも、それ以上に――

「はい」

何でだろう？　ドキドキが止まらない。あの人のところに行きたい。優しく包み込まれたい。

「なっ⁉　バカな！　魅了か⁉」

「ダメだミナ！　正気に戻れ！」

「誰でもいいからミナを押さえろ！」

ベッツさんが私の肩を掴んでくる。邪魔をしないでほしい。

「ミナと言うのだったね。ミナ、早くこっちにおいで」

ノスフェランさんがそっと語りかけてくる。私の名前を呼んでくれた、嬉しい。もっと呼んでほしい。私はベッツさんの手を払いのけて歩き出す。

「はい」

「くっ、正気に戻れ！　ミナ！」

ベッツさんにまた肩を掴まれた。そんなに強くしたら痛いよ。ロジャーさんが私の前にやってきて私を気絶させようとする。

「それは困る。君達、ミナの手助けをしてくれないか？」

「はい、わかりました」

ノスフェランさんがマイナさんとメイアさんに声をかけた。二人は素直に従う。

「マイナさん、何を！」

「メイア！　やめろ！」

マイナさんがロジャーさんを足止めして、メイアさんはベッツさんに攻撃を仕掛けた。先ほど声をかけられていないレイアさんまでセインさんに組みついている。

みんな私の味方をしてくれるんだ。嬉しい。でも仲間を傷つけるのはダメだよ。

あぁ、そうだ。晶石竜《しょうせきりゅう》の肝をインベントリにしまったままだった。クロウさんに渡さないと。もう会えないかもしれないし。

その時、ノスフェランがまた語りかけてくる。

「どうした？　早くおいで」

あれ？　優しい声に聞こえていたはずなのに何か変だ。私は何をしていたんだろう？

頭の中でひときわ大きくチャイムが鳴って私を現実に引き戻してくれた。早くあの人のところに……って、人ですらないよ！　そもそも骨の体でどうやって言葉を発しているの？　いや、問題はそこじゃない！　私は正気に戻ったけど、ここにいる女性メンバーは全員操《あやつ》られている。

「メイアさん、ベッツさんは仲間です！　武器を向けるのはやめてください！」

メイアさんはなおも盾で攻撃を防ぐベッツさんに攻撃を加えていた。

「まさか、魅了が解けたのか？　そんな馬鹿な!?　そう簡単に解けるはずがないものなのに！」

ノスフェランが呟く。骨なので表情は読み取れないけど、驚いているみたい。

「みんながおかしくなっているのはあなたのせいですか？」

みんなを操《あやつ》って同士討ちさせるなんてひどい！

私も魅了されていたんだ。一番近くにいたメイアさんを鑑定して状態を確認すると、魅了（カーズドチャーム）と表示された。

［カーズドチャームは魅了の強化版で、異性なら確実に成功させてしまいます。魅了状態になると、相手の命令を聞くようになり、正常な判断が出来なくなります。更に長時間カーズドチャームの魅了状態が続くと破滅的な結末になります］

破滅的な結末ってよくわからないけど、カーズドチャームはとにかく危険だ。どうにかしないと。

そう考えて、私はクランの人達へ叫んだ。

「ノスフェランは異性を確実に魅了する技能を持っています。魅了された人は出来るだけ大怪我させないように動きを封じてください！」

「そりゃきついな！　だが、やるしかないか！」

ベッツさんは大盾をメイアさんにぶつけて引き離す。他のメンバーも反撃を始めている。

女性は五人、メイアさんマイナさんレイアさんと、補給部隊にいた女の人、あと補充で合流した女性剣士。男性七人が連携《れんけい》しながら攻撃をしているけど、手加減をして勝てるほど力の差があるわけではない。

一番厄介《やっかい》なのはメイアさんか。状態変化魔法を放っても防御技能で防がれてしまう。そのせいで一層制圧が困難になっていた。防御技能を無視する方法はないのかな？

「魔法にもクリティカルは存在します。ミナの魔法なら防御技能を無条件で突破する事が可能です」

ヘルプさんありがとう！　それならこうだ！

「《イースイクアリィブリアム》‼」

メイアさんに幻術魔法をぶつける。魔法を防ぐ事が出来ずにその場に倒れるメイアさん。

「よくやってくれた！」

ベッツさんがメイアさんを拘束《こうそく》する。

「よし今だ！　押し込め‼」

男性陣が一気に女性陣を押し始めた。

「往生際が悪いね」

晶石竜《しょうせきりゅう》が動き出す。乗っていたノスフェランはフワリと浮き上がって私のもとに飛んできた。

「今ならまだ死人が出ないで済むけど、このままだと確実に何人か死ぬんじゃないかな？」

つまり、私に投降しろって言っているんだよね？

「私があなたについていけばみんなを無事に帰してくれるんですか？」

「そうだね。約束しよう」

大袈裟《おおげさ》に頷きながら答えるノスフェラン。

「ダメだ、ミナ！　絶対お前も連れて帰る！」

クロウさんが女性剣士を圧倒しつつ叫ぶ。

「困った人だ。それなら彼から死んでもらうとしよう」

晶石竜《しょうせきりゅう》がクロウさんの方へ移動する。このままじゃクロウさんが危ない！

「もうやめてください！」

「じゃあ私のものになるのかな？」

みんな、さっきの晶石竜《しょうせきりゅう》の自爆のダメージが残っている。約半数が戦えない状態で新たな晶石竜《しょうせきりゅう》に勝てる見込みは少ない。クロウさんを助けないと！

私は目の前のノスフェランに向かってフレアダガーを真横に薙《な》ぎ払う。狙うは首。骨だけだからといっても、頭が取れたら流石《さすが》に動けなくなるだろう。

私の攻撃は当たらなかった。ノスフェランは首のすぐ前でダガーの刃先を摘《つ》まむみたいに受け止める。

「酷いじゃないか。さっきまで恋する乙女のような視線で私を見ていたというのに」

「それはあなたが魅了を使っていたからです！　もう引っかかりません!!」

ダガーを引き戻そうとするけど指がピクリとも動かない。

ダガーを手放してクリムゾンエッジを抜いて斬りかかる。すると、ノスフェランがダガーを持ち替えて私の攻撃を軽々と捌《さば》く。右に左に揺さぶってみてもギリギリで対応されてしまう。攻撃のフェイントも入れてみたけどやっぱりダメだった。実力差がありすぎる。

「すばしっこいけど攻撃は全然だね。それでよく晶石竜《しょうせきりゅう》を倒せたものだ」

ダガーを弄《もてあそ》びながら言うノスフェラン。

「気をつけろクロウ！　晶石竜《しょうせきりゅう》が君を狙っているぞ！」

セインさんが叫んでいる。クロウさんに向かって悠々《ゆうゆう》と歩いていく晶石竜《しょうせきりゅう》。クロウさんは女性剣士を押さえ込んでいるものの怪我を負わせないようにするため苦戦している。今は晶石竜《しょうせきりゅう》と戦える状態じゃない。

このままじゃ、私もクランのみんなもここで……何かノスフェランを出し抜く方法があれば——

そうだ！

「ダガーを返してください」

「いいとも」

私の事は脅威《きょうい》に思っていないのだろう、ノスフェランはあっさりダガーを返してくれる。わざわざ持ち替えて柄《つか》をこちらに向けて。

クリムゾンエッジを鞘《さや》に納めてダガーを受け取るために手を伸ばす。そして柄《つか》を持つと見せかけて肘を掴み、体の向きを入れ替えて投げを打つ！　これでノスフェランは転がって——なかった。

ぽきんと嫌な音がして右腕の肘から先が取れちゃってる！

「酷い事をするね。ダガーを返してあげようとしただけだったのに」

「え、あっ、その、ごめんなさい」

じゃなくて！　相手は敵なんだから謝る必要なんてないのに、ついつい口から出てしまった。

ダガーを取り返して腕は遠くに投げ捨てる。

一方、セインさんは前に出ながら渦巻《うずま》く炎を放ち晶石竜《しょうせきりゅう》の頭を焼いているけど、晶石竜《しょうせきりゅう》が怯《ひる》む事はない。向きをセインさんに変えて晶石竜《しょうせきりゅう》は突進する。女性剣士を昏倒《こんとう》させたクロウさんがセインさんに駆け寄り突き飛ばし、彼が代わりに晶石竜《しょうせきりゅう》の突進を受けて撥《は》ね飛ばされてしまった。

「クロウさん！」

「しっかりしろ！」

「くっ！　手の空《あ》いているものは援護を！」

ロジャーさん、ベッツさん、アロイさんが叫ぶ。

このままじゃダメだ。何かいい方法は……

──そうだ。私が魅了を受けた時に鳴ったチャイム音は習得の合図だ！

確認している暇はない。やってみるしかないんだ!!

魅了って異性に使うものだよね。アンデッドに効くかはわからないけど、この状況が何とかなるなら！　カーズドチャームを使用！

「みんなを解放してください！　すぐに晶石竜《しょうせきりゅう》を止めて!!」

「……畏《かしこ》まりました。我が君」

「え？」

恭《うやうや》しくお辞儀をするノスフェラン。直後、魅了されていたみんなが正気に戻り、ドラゴンも動きを止めた。こんなに簡単に効いちゃうんだ？　ま、まぁいいか、な？

クロウさんは駆け寄ったセインさんに助け起こされている。どうやら無事みたいだ。

「他には何をお望みでしょうか？」

ここでの目標は達成しているし早く脱出しなきゃ。ノスフェランはダンジョンの主なのだから、もしかしたらいい方法があるかもしれない。

「ええと、私達は急いで帰らないといけないんです」

「承知しました。セーフエリアにいるお仲間も一階層へ転移出来るように帰還石を配置しましょう」

私の目の前に魔法陣の描かれた石板が現れる。そんな事まで出来るんだ。

「我が君のためならお安いご用です」

「ありがとうございます」

「おおお！　私はお役に立てましたか！　それならばぜひとも私を供にお加えください」

お礼を言うとノスフェランは大袈裟《おおげさ》な身振りで喜びを表現しながらとんでもない事を言い出した。

流石《さすが》にアンデッドを連れ回すのは良くない。

「いいえ、あなたはダンジョンマスターですよね？　ここに残ってダンジョンの維持をお願いします」

「承知しました」

また恭《うやうや》しくお辞儀をするノスフェランと私のやり取りを、クランのみんなが唖然として見ていた。

「とりあえず帰っていいみたいです」

私がそう言うと、セインさんが我に返って口を開く。

「そ、そうか。君は一体？　いや、今は脱出が優先だ」

「帰還石を使って脱出する」

アロイさんに治療をしてもらったクロウさんが告げ、昏倒《こんとう》しているメンバーを連れて動けるメンバー達が帰還石に触れ、次々と転移していく。

「我が君、次はいつお会い出来ますか？」

最後に私が転移する前に、ノスフェランが聞いてくる。

「え？　ええと、まだわからないですけど近いうちにまた来ます」

「おお！　とても嬉しゅうございます。いつまでもお待ちしております」

大喜びのノスフェラン。変な約束しちゃった、大丈夫かな？

帰還石は一階層の入り口に繋がっていた。全員が転移してきた私を出迎え、安堵の表情になる。

セインさんの指示で安全を確認した後に各セーフエリアにいるメンバーに帰還石を使って戻るように伝えたそう。時刻はお昼くらい。補給部隊の人がパンと水を配っていたのでそれを受け取って食べておく。みんなが食事をしている時にセインさんが今後の事について話を始めた。

「皆のおかげで無事に晶石竜《しょうせきりゅう》を倒す事が出来、肝を入手する事が出来た。このままリーシャのいるアケニアへ向かう」

アケニアは水晶の迷宮から馬で一日半行ったところにある町で、優秀なお医者さんが住んでいるらしい。クランメンバーの殆《ほとん》どはダンジョン近くで待機し、浮いた馬を替え馬として使いノンストップで向かうとの事。私はクロウさんの前に座らされた。来る時と同じでクロウさんの大きな体に覆《おお》われるようにすっぽりと収まっている。私、汗の臭いとかしないかな……？

「それで、ミナは調合が出来るのか？」

「え？　無理ですよ」

馬を走らせながらクロウさんが聞いてくる。

「そうか。材料は揃っても調合出来る者がいるかどうか、か」

クロウさんの表情は暗い。

「いないんですか？」

「材料すら失伝しているのだ。調合方法がわかる者がいるとは思えん」

そうだった。何とか出来ないかな？　悩んでいたら頭の中で声がした。

[晶化治療薬の作製方法は現在では完全に失伝しています。作製方法を確認しますか？]

知っているの!?　ヘルプさん！　教えてください！

[晶化治療薬の作製方法は――]

ヘルプさんに一通り製法を聞いて、作成出来る事がわかったのでクロウさんに伝える。

「クロウさん、私が何とか出来るかもしれません」

「本当か!?」

「初めて作るので自信がないですけど、やってみます」

「ああ！　ありがとう！　よろしく頼む！」

よほど嬉しかったのだろう。ギュッと抱きしめられる。男の人とこんなに接近するのは初めてだから何だか緊張してしまう。特にいっぱい汗を掻いた後だし、臭いとか気になる。

それから、移動中にクロウさんには調合に必要なものを話しておいた。あと大事な話も。

「信じてもらえるかはわからないですけど、私の幸運は百を超えています」

「信じられない話だが、俺達はその幸運を間近で見てきたからな」

意外とあっさり受け入れてくれた。

「そのおかげか、しっかりと見たり直接受けたりした魔法や技能を習得出来てしまうんです」

「ノスフェランの時の魅了も？」

「正気に戻った理由はよくわからないですけど、気づいたらカーズドチャームという技能を習得していました」

「聞いた事がない技能だ」

クロウさんも聞いた事がない技能なら、やっぱり凄い技能なのかな。

「私がクロウさんにこの事を話すのは、一度しか作る事が出来ない薬の調合を確実に成功させるためです」

「俺は何をすれば良い？」

私が言わんとしている事を察してくれたのか、クロウさんが聞いてくる。

「クランの中で調合の技能を持っている人はいますか？」

「補給部隊のセレナが使えたはずだ」

確か一緒に食事を作ったお姉さんだ。彼女もこの強行軍についてきている。

「私に調合を教えるよう頼んでください」

「そういう事か。わかった」

技能がないより、あった方が絶対いい。

行程の半分を過ぎた頃、馬を取り替えるために小休止があって、その時にクロウさんがセレナさんに話をしてくれた。

「調合って言っても簡単なものしか出来ないけどいいの？」

「それで大丈夫です。見て覚えますのでやってみてください」

「見て覚える？　わかったわ」

しまっていたディペン草とディポイ草を取り出してセレナさんに渡す。セレナさんは傷薬を調合してくれた。チャイムが鳴ったので自分のステータスを確認したら確かに調合レベル一が増えている。

「どう？」

「はい。大丈夫です！」

「そう？　私にはこんな事しか出来ないけど、役に立てて良かったわ」

セレナさんは腑《ふ》に落ちないと言わんばかりの顔をしているけど詳しく説明は出来ない。

「ありがとうございました！」

「お礼を言うのはこちらの方よ。あなたが来てくれたおかげでリーシャが助かる可能性が出てきたのだから。最後まで迷惑をかけてごめんなさい。リーシャの事、よろしくお願いします」

改まって深々と頭を下げるセレナさん。ここまで来たらリーシャさんを必ず助けたい。

技能はこれで大丈夫。あとは町に着いてからだ。

空《あ》いている時間にレイアさんがやって来て、ブルーティアーズにラグフリジットを入れてくれた。

「念のため補充しておくわね。危害を加えられそうになったら人間相手でも使いなさい」

「ありがとうございます」

「無理やり連れてきて内輪もめに巻き込んだ挙句、危険な目に遭《あ》わせたのに、文句ひとつ言わずについてきてくれて本当にありがとう。これが終わったらどんな罰でも受けるし、あなたの言う事を何でも聞きます。こんな事で許して欲しいなんて言わないけれど、最後までお願い」

レイアさんが思いつめたような表情で言う。

「皆さんがリーシャさんを大切に思う気持ちはよくわかりました。必ず、とは言い切れませんけど精一杯やってみます」

レイアさんは瞳を潤《うる》ませながら「ごめんなさい、ありがとう」と戻っていった。

周囲を警戒していたロジャーさんが慌ててやってくる。何かあったのかな？

「後方から複数の騎馬が近づいている！」

「数は？」

聞き返すクロウさん。全員が手を止めてロジャーさんの方を見ている。

「二十。いや、三十騎！」

「何者かわかるか？」

険《けわ》しい表情でセインさんも尋ねた。

「正規軍じゃない。恐らく傭兵団だと思う」

「道を空《あ》けて待機だ。警戒は怠《おこた》るなよ」

セインさんの指示で馬を脇に避けて全員が警戒する。傭兵団は荒くれ者が多いそうで、変に絡まれると厄介《やっかい》だから女性は身を隠すように指示が出た。ほどなくしてその一団がやってくる。

「お前達が《黒鉄《くろがね》の刃《やいば》》だな？」

先頭の黒い馬に乗った大柄な男の人が聞いてきた。使い古した板金鎧《ばんきんよろい》に、背中には長剣。髭面《ひげづら》の怖そうな人だ。

「そうだが、何者だ？」

クロウさんが聞き返す。

「我々は傭兵団《紅蓮《ぐれん》》」

「俺達に何か用か？」

「ミナという少女を連れているな？　我々に引き渡せ」

私の名前が出てドキリとする。私が目的？

「断ればどうする？」

「力ずくで奪うのみ」

「待て、依頼主は誰だ？　まさか領主ではないだろうな？」

セインさんが話に加わる。同時に馬の近くにいたロジャーさんが後ろ手でみんなに合図を送った。

「それは言えんな」

答える大男。彼の後ろに控えていた人達が馬から降りて武器に手をかける。

「戦闘になるわ。あなたはここに隠れていなさい。私達が負けそうだと思ったら迷わず逃げるのよ」

そう言って飛び出していくマイナさん。

こちらは計八人。対する傭兵団は三十人。三倍以上の敵を相手に大丈夫かな？

もし危ないようなら私も戦おう。イースイクアリィブリアムも今なら二回は使えるはず。いざとなればラグフリジットを解放して攻撃出来るし、弓矢を出せばソニックアローだってある。

傭兵団が武器を抜いた。それに合わせてクランメンバーも全員戦闘態勢に入る。

いよいよ戦闘開始というところで、それは空からやってきた。

凄まじい速度で地面に着地して、もうもうと上がる砂煙の中から現れたのは純白の翼にショートブロンドの女性、ミルドさんだ！

「こちらは冒険者ギルド所属、ミルドレッド・ベンターだ。《黒鉄《くろがね》の刃《やいば》》への武力行使を確認した。治安維持のため、介入を開始する」

「なにぃ!?」

「まさか舞い降りる死《ソーリング・デス》？」

「私もいるよ！」

続けて、ルーティアさんも姿を現す。二人の登場に浮き足立つ傭兵団。

「幼き精霊使い《タイニー・ティア》！」

「その名前は好きじゃない！」

「たった二人増えただけだ！　俺達の優位は変わらない！　全員攻撃！」

傭兵達が一斉に襲いかかる。クロウさん達も臨戦態勢だ。ルーティアさんが詠唱を始める。

「猛《たけ》き炎の大精霊よ。獰猛《どうもう》なる大地の大精霊よ。我らを守護し、仇《あだ》なす者を討ち滅ぼせ！《召喚》イフリート！　ベヒーモス！」

炎が渦《うず》巻《ま》き、中から炎の巨人が現れると同時に大地が裂け、そこから巨大な獣が這《は》い出てきた。

「バカな⁉　上位精霊を二体同時召喚だと⁉」

「我々が来た時点で君達に勝ち目はないよ。《ディバイン・レイ》」

次いでミルドさんの技能で降り注ぐ光の雨が傭兵十数名を貫《つらぬ》いた。戦列が崩壊したところにクロウさんが切り込み、次々と傭兵を倒していく。逃げ出す者はクランのメンバーによって捕縛された。

「やあクロウ。腕は落ちていないみたいだね」

「ミルド達よりは鈍ってはいないつもりだ。しかし、救援感謝する。俺だけでは犠牲者《ぎせいしゃ》が出ていただろう」

「まあ大手クランだからねぇ。しょっちゅうダンジョンに潜《もぐ》っていたみたいだし？　ただミナを攫《さら》ったのはいただけないな」

「それは、私から一緒に行くって決めたんです！」

ミルドさん、クロウさん、ルーティアさんの会話に割って入る。

「やあミナ。元気そうで何よりだ」

ミルドさんが爽《さわ》やかな笑顔を向けてきた。

「ミナ。また厄介《やっかい》事に巻き込まれて。心配したんだよ？」

腰に手を当てながら顔を覗き込むように言ってくるルーティアさん。

「ごめんなさい」

「ミナは悪くない。全ての罰は俺が受ける。だが今は少しだけ時間が欲しい」

クロウさんが私の弁護に入ってくれる。

「わかっているさね。リーシャに薬を届けるんだろう？　全部片付くまで待ってやるよ」

「すまない」

ルーティアさんはクランの事情を知っているみたいだ。

「私達は彼らに聞く事があるから先に行くといい」

ミルドさんが捕縛された傭兵達を見て言う。

「あとで追いつくから。リーシャによろしく」

「ああ。わかった」

ルーティアさんの言葉に返したクロウさんは、私を馬に乗せ、アケニアに向けて出発する。

「舞い降りる死《ソーリング・デス》と幼き精霊使い《タイニー・ティア》、噂《うわさ》通りとんでもないわね」

走り出して少ししたらマイナさんが馬を右側に並走させて話しかけてきた。レイアさんも反対側に並走しつつ言う。

「クロウもあの人達と一緒に冒険者していたのよ。ねえ、黒の刃風《ネーロ・ヴェント》さん？」

「その名前は好きじゃない」

クロウさんもルーティアさんやミルドさんと一緒に冒険していた事があったんだ？

でも、とにかくみんな無事で良かった。聞いた限り、傭兵団側にも死者は出ていないらしい。イフリートやベヒーモスも手加減して攻撃していたとか。討ち滅ぼせ！　とか言ってなかったかな？

まあいいか。

やや遅れがあったもののアケニアに到着した。アケニアの町はエリストの四分の一くらいの規模の宿場町だ。家は全て白壁で統一されていて美しい。町を治める代官の意向だそうだ。

大通りから少し入ったところに病院はあった。クロウさんとセインさんが先頭に立ち、建物に入るなり「薬師を呼んでくれ、薬の材料が手に入った。急ぎ準備をしたい」と病院関係者に指示を出す。

また強引な、と思っていたら、「ここはセインの実家なのよ」とマイナさんが教えてくれた。

私はやってきた薬師の人に案内され、調合器具がある部屋に入る。

「預かっていた材料を返そう。頼む」

クロウさんからエリクルパナシーアとランクSSのディポイ草を受け取った。

「ここにあるものは何でも使っていただいて結構です。リーシャ様をお救いください。補助が必要なら私がお手伝いいたします」

そう言った薬師の人は邪魔にならないように扉の側に控えている。

よし！　始めよう。

ヘルプさん、私の調合速度に合わせて手順を教えてください。

［まずは――次に――更に――それから――最後に――］

――出来た！

【晶化治療薬　品質ＳＳ】　晶化病を治療する事が出来る液薬。体内が硬化している場合は患者に飲ませて使用する。体表面が硬化している場合は少量を振りかけて使う。

「完成しました！」

「あんな複雑で繊細な調合を……凄い手際だ」

薬師の人が驚いていた。

「ありがとう！　早速投薬に行こう！」

「はい！」

クロウさんに案内されて大事に薬を抱えながら足早に病室へ向かう。一番奥の広い病室に入ると、女性の医師とクランのメンバーが待っていた。ベッドには小柄な少女が寝ている。

近づいて見ると、すでに体の三分の一が硬化していた。呼吸は浅く、今にも止まりそうだ。

その姿に私はショックを受けた。

「ミナ、薬は医師から投薬してもらおうか」

その様子を察したクロウさんが私に気を遣って聞いてくる。

「い、いえ。私にやらせてください。私の幸運が役に立つはずです」

［ごく稀に薬による治療で治るとされている］

ヘルプさんから聞いた晶化病の説明を思い出すに、幸運が高い方が効き目があるだろう。

薬の準備をしていたら少女、リーシャさんが目を開けた。

「あ、なた……は……？」

「私は冒険者のミナって言います。薬を作って持ってきました。大丈夫、すぐに良くなりますよ」

リーシャさんは重篤《じゅうとく》だ。些細《ささい》な事でショック状態になるかもしれない。私は穏やかに、ゆっくりと語りかける。

「あ……りが……と……う。でも……もう……」

彼女は死を覚悟してしまっている。もしも患者さんの幸運に左右されるのならダメかもしれない。いや、信じよう。絶対良くなる。治してみせる。

治療薬をちょっとだけ手に取り、顔の硬化している部分を優しく撫《な》でる。

硬化部分がジワリと熱を帯びてボロボロと崩れていく。後には綺麗な白い肌が残った。

「す、凄い！」

「こんなに効くのか！」

「治る！　治るぞ！　リーシャ!!」

みんな声を上げるけれど、薬を塗られた本人が一番驚いていた。

「今度は飲んでください。ゆっくり、少しずつ。少し残して」

体を起こして薬を飲ませる。リーシャさんはコクン、コクンとゆっくりと飲んでいく。

諦めていた生を取り戻そうとしているように見えた。頬を伝い落ちる涙。私も一緒に泣いていた。

「ああ……私は、本当に助かるのね」

「はい。体の硬化を取ってしまいましょう」

男性陣には退出してもらって、服を脱がせる。右肩から右胸、左腕、お腹も半分、右腰から右足が全部。左足も足先から膝まで硬化していた。私は丁寧にマッサージするみたいに薬を塗り込んでいく。途中、痛いところや苦しいところはないかと何回も聞きつつ。

三十分くらいで体の硬化部分は全て取り去る事が出来た。

「リーシャ！　元に戻ったわよ！」

「よかった。リーシャ」

「よかったよ～！」

マイナさんとレイアさん、セレナさんも泣きながら喜んでいた。

「……ありがとう。みんな……」

しかし、私は異変に気づいた。リーシャさんの手を取り脈拍を測ってみると、脈拍が弱い。まさか私、何か間違えた？　それとも間に合わなかったの？

横たわったリーシャさんはゆっくりと眠るように意識を失う。

「先生！」

傍に控えていた女医さんに調べてもらう。

「呼吸をしていない。心臓も動いていない」

「心肺蘇生法を！」

「しんぱいそせいほう？　何だねそれは？」

キョトンとして聞き返してくる女医さん。嘘……知らないの？

「私がやります！」

実際にやった事はないけど、何もしないよりマシだ！　思い出せ、救命講習を!!

気道を確保して呼吸をしているかを確認。だめだ、やっぱり止まっている。胸に耳を押しつけて心音を確認してみた。こっちもダメだ。

ベッドに上がり胸の真ん中に手を当てて上から垂直に押す。胸骨圧迫をする。

テンポは確か童謡《どうよう》のウサギとカメだ。回数は一番を歌い終わるまで。やめて人工呼吸をする時は二回、一回を一秒かけてゆっくりと。

騒ぎを聞きつけたのか、男性陣が病室に入ってくる。

「ミナ！　何をやっている⁉」

「私にはさっぱり……」

セインさんが聞いてくるけど答えている余裕はない。女医さんが代わりに答えている。

「何をやっているんだ？　よせ！」

クロウさんはそう言い私の肩を掴む。

「黙っていてください！　まだリーシャさんは死んでいません!!」

クロウさんの手を振りほどきながら叫ぶように言い返す。

私の剣幕に気圧《けお》されたのか全員が沈黙した。心肺蘇生法を再開する。お願い、帰ってきて……!!

何度か繰り返しているうちにリーシャさんが咳をした！

「げほっ……けほっ！」

「や、やった！」

身を起こした拍子に私はベッドから転がり落ちてしまったけど、女医さんが受け止めてくれて無事だ。

「はぁっはぁっ……わたし、生きている、の？」

「ああ、ああ！　生きている、生きているぞ！」

「奇跡だ！」

クロウさんがリーシャさんを抱きしめる。クランのメンバーも二人を取り囲んで喜んでいた。

「よかった……」

「大丈夫かね？」

「ありがとうございます。えと、素人《しろうと》のやった事なので、念のため骨が折れたりしていないか診《み》てもらえますか？」

「ん？　ああ、わかった」

女医さんに抱えられたままの状態だったけど、リーシャさんが無事なのかを確認してもらわないといけないので降ろしてもらった。

私は少し離れたところでへたり込む。心肺蘇生法って、スゴく体力を使うんだね。

グッタリしている私を見つけてクロウさん達がやってくる。

「ミナ、君のおかげでリーシャが助かった。心から礼を言わせてくれ」

「いえ、私はやれる事をやっただけです。運が良かったんですよ」

よほど嬉しかったのだろう、クロウさんの瞳は潤《うる》んでいた。

「ミナが言うと説得力あるわね」

「ミナは何度も奇跡を起こしてくれたね」

マイナさんとセレナさんが私の手を握りながら笑顔で言う。二人の目にも涙が浮かんでいた。

諦めないで良かった。

そうして診察も終わり、骨折もなかった事がわかり一安心。

リーシャさんが話したいと言うのでベッドの側にやってきた。

「リーシャさん。治って良かったです」

「ミナさん、助けてくれて本当にありがとう。それで私はどうやって？」

「何回も胸を押して、何回もキスをしていたよ」

「ちちち違います！　あれは心肺蘇生法っていう医術なんですよ！」

マイナさん、誤解を招く言い方はやめてください。


リーシャさんの晶化病は完全に治ったけど、これまで寝たきりだったため、リハビリが必要だった。

私はクランのみんなと病院の近くの宿屋に滞在しているが、エリストに帰らなければならない。

とりあえずルーティアさん達が来るのを待つ。その間に少しでも強くなろうと訓練をする事にした。今回のダンジョンアタックで自分の実力のなさを痛感したからだ。

トップクラスの冒険者と肩を並べて戦うとかすぐに出来るわけがなくても、ちょっとでも差を埋めたい。そのためには日々鍛錬だ。幸いクランには各ジャンルの優秀な人が揃っている。今のうちに色々教えてもらおうと思う。

お願いしてみたら、みんな快《こころよ》く引き受けてくれた。

クロウさんからは小剣の取り回しを、マイナさんからは短剣術を、ロジャーさんからは格闘術を教えてもらう。次の日に後続のみんなが合流してきたので、フレッドさんに弓術の手ほどきを受ける事が出来た。アロイさんからは回復術や応急処置を、レイアさんからは黒魔法についての基礎知識を教えてもらう。それぞれが丁寧にわかりやすく指導してくれた。

二日目の夕方、私はセインさんに呼び出される。

「話ってなんでしょう？」

「時間を取らせてしまってすまない。どうしても話しておかなければならない事があってな」

私は病院――セインさんの実家の私室に来ていた。

「このままクランに所属しないか？」

セインさんはいつになく真面目な表情で聞いてくる。トップクラスのクランから勧誘されるのは嬉しいけど、私はまだまだ力不足だし、ダキアさんやアリソンさん達ともっと一緒にいたい。私の心は決まっていた。

「ごめんなさい。折角のお誘いですがお断りします」

「そうか。まあ、当然だな。我々は君を誘拐してきてしまったのだから。すまなかった」

「それについてはもういいですよ。私はリーシャさんが助かって良かったと思っています」

私の言葉を聞いて少しだけ目を瞑《つぶ》ったセインさんが、私を真っすぐ見つめながら言う。

「本当にありがとう。この礼は必ずしよう」

「そんな、いいですよ」

いきなり連れてこられて戸惑う事は沢山あったし、怖い思いも辛い思いもしたけど、それでも私の力が役に立ち、人を救う事が出来たんだ。それだけで嬉しい。

「ミナ、君に一つ忠告しておかなければならない事がある」

「何でしょう？」

「エリストの領主、ベンター辺境伯は危険だ。恐らく君を狙っている」

セインさんが領主様の話をする。そういえばここに来る時もそんな話をしていたような。

「傭兵団と会った時も領主様の名前を出していましたけど、私を捕まえるためにそこまでする人なんですか？」

「ああ。ミナはロジャーがクランに入った時の話を聞いているな？」

「はい。セインさんに誘ってもらったって言っていました」

「その時ロジャー達を襲った山賊は、辺境伯の手の者だった」

「それって……!?」

なんで年端《としは》のいかないロジャーさん達をわざわざ襲ったりしたの？

「当時から辺境伯には黒い噂《うわさ》があった。興味を持った者を無理やりにでも連れていき、領主に気に入られた者は元の生活には戻れないと」

領主の権限というか、領民なら好き勝手に権力でねじ伏せる事が出来る。しかし冒険者ギルドに所属する者達に何かすれば問題になる。そこで山賊に扮《ふん》した部下に森の中で襲わせて、行方不明に見せかける事にしたらしい。

「我々が偶然通りかかって山賊に扮《ふん》した者達を退治した。念のため身元のわかるものがないか調べたところ、辺境伯の直属部隊の証《あかし》が出てきたんだ」

「証拠があるなら糾弾《きゅうだん》出来るんじゃないですか？」

これほど確かな証拠はないと思う。辺境伯にそれを突きつける事が出来たんじゃないかな？

「我々もそうしようとしたんだ。しかしあの男は悪知恵が働く」

辺境伯はセインさん達にこう言ったそうだ。『その者達が私の部下であるなら、君達は領主直属の部下の特務を妨害し殺害した事になる。また、その者達がただの山賊ならば、何らかの方法で証《あかし》を盗んだのであろう』と。

「そう言われては我々も引き下がらざるを得ない。結局、山賊から新人冒険者を救った事にされてしまったんだ。情報網で、襲っていた者達が辺境伯の部下である事は確認してあったのだが」

「そんな……」

理不尽すぎる。

「なんでロジャーさん達を襲ったんでしょう？」

「推測だが、ロジャーのギフトが目当てだ。彼は広域探査レベル二十というギフトを持っている」

「それだけのために？」

それだけのためにロジャーさんの仲間を殺したの？

「そうだ。ロジャーの仲間だった少年二人は斬殺、少女は……無残な殺され方をした」

「その事をロジャーさんは？」

「知らない。事実を知れば彼は自分を責めるだろう。あの場に自分がいなければ、と」

セインさん達が救出に来た時、ロジャーさんは意識を失っていた。真っ先に昏倒《こんとう》させられたらしい。

だから事実は話さずに山賊に襲われた事にした。そして辺境伯に再び襲われないようにするためクランに引き入れた、というのが真相だそう。

「ロジャーの事件についてはギルドマスター達も知っている。彼女達も注意しているだろうが君自身もよく注意しておいてくれ。役に立つなら我々の名前を使ってくれても構わないし、必要ならいつでも呼んでくれ。君を守るためなら何でもしよう」

「ありがとうございます。よく注意しておきます」

セインさん達クランのメンバーはそう言うけど、何も起こらない方が良いに決まってる。自分から危険な事に飛び込まないように気をつけよう。


「やあ、待たせたね」

「結構時間がかかってしまった。大人しくしていたかな？　ミナ」

次の日に、ルーティアさんとミルドさんがやってきた。

何でも傭兵団の雇用元を潰してきたらしい。名の知れた犯罪者集団だったとか。

辺境伯の手の者じゃなくて少し安心した。でもそんな集団が私を狙っていたって事なんだよね？

情報をすり合わせてみたらビズさん達の所属していた集団だったらしい。ルーティアさん達により組織は壊滅《かいめつ》。生存者は全員捕縛され、処刑または奴隷《どれい》に落とされるそう。

二人で壊滅って、やっぱり凄い人達なんだね。

二人と合流が出来たので私はエリストに帰る事に。

クランのみんなは帰り際に、改めて私に謝罪をしてきた。強引に連れ去った事、ダンジョンでの扱いや、誘拐未遂に気づけなかった事。その他にも散々迷惑をかけてしまったと。

私としては、まあ無事に出てこられたし、いろんな経験も出来たから別に気にしていない。初めに自分で関わるって決めたんだから、文句を言うつもりもない。

「また一緒に冒険しましょう」と伝えると、みんな驚きながらも「今度はミナのために何かをさせてほしい」と言ってくれた。

エリストまではクロウさんも一緒だ。クランの代表として罰を受けなければならないそう。

私が許しても、強制的に連れ去った事実は変わらないのだとか。ギルドに証人も沢山いる。

それに、これを許すと人攫《ひとさら》いが横行する懸念《けねん》があるのだとルーティアさんは説明する。クロウさんは全ての罪を認めて罰を受けると言っていた。ギルドからクランへは、制裁金として一千万レクスと、クランリーダーの一ヶ月間のギルド内無報酬労働を科すらしい。制裁金はブルーティアーズを売れば稼《かせ》げるとして、一ヶ月も無報酬って酷くないかな？　それから私から買い取ったエリクルパナシーアと、採取した品質ＳＳのディポイ草代、晶石竜《しょうせきりゅう》の肝の取得報酬の支払いもある。

三千万レクス。こんなに貰えないよ。私もフレアダガーとかブルーティアーズとか貰ってるし。

そう言って断ろうとしたけど「受け取らないとクランが困る事になる」とミルドさんに言われて、結局受け取る。困る事って？

まあいいか。みんな無事に済んだし。全員が納得出来る結果ならいいよね。

エリストに帰ってからもひと騒動あった。ギルドに入るなりクロウさんに拳《こぶし》が飛んできたのだ。ダキアさんだった。あのクロウさんが左頬を殴られて数メートル飛んでいく。

「ちょっと!?　ダキアさん!!」

「何だ？　そもそもお前が攫《さら》われなければこんな事にはならなかったんだぞ！」

メチャクチャ怒っている。やっぱりゲンコツかぁ。

「待て、ミナへの制裁は俺が受ける」

「上等だ！　ギッタギタにのしてやる！」

馬乗りになって拳《こぶし》を振り下ろし続けるダキアさんと、それを無防備に受けるクロウさん。

凄い剣幕に怯《おび》えてしまう。クロウさんが死んじゃうよ。

「いい加減にしなさいよー？　ミナちゃん泣いちゃっているじゃないのー」

アリソンさんが私の横にやってきて二人を止めに入ってくれた。

「はぁっはぁっ！　これに懲《こ》りたら二度とミナに手ぇ出すんじゃねぇぞ！」

「……承知した」

ダキアさんは立ち上がると私の方へ来る。

「怪我はしてないか？」

「はい」

「すぐに助けに行ってやれなくて悪かった」

「いえ、いっぱい学ぶ事もあったし、得たものも沢山あります」

だから何だと言うわけではないけど、言い訳っぽくなってしまう。

ダキアさんは心の底から心配して、怒ってくれている。それなのに色々考えて、私はダメな子だ。

「ごめん……なさい」

「その、なんだ、悪いのは俺達なんだ。反省する気持ちは大事だが、もう泣きやんでくれ」

ダキアさんに頭をクシャクシャと撫《な》でられる。

「まーた泣かしてる。女の子を泣かすのはサイテーだよね？」

私の後ろからひょっこりと現れたルーティアさんが冗談めかして言う。

「うるせぇぞロリババア！」

「あ？　今なんつった？」

ダキアさんの乱暴な言葉にルーティアさんの表情が変わった。

「何度でも言ってやる！　いつまも成長しねぇツルペタロリババア！」

「久しぶりに焼き入れてやる。訓練場に来い！」

「上等だ！」

二人ともズカズカと訓練場の方に歩いていってしまう。面白がってついていく人達もいた。

えぇ……ルーティアさんまでどうしちゃったの？

「大丈夫だよ。一件落着を見て安心しているんだ」

ミルドさん、言っている意味がわからないんだけど？

「俺達は冒険者だ。荒くれ者の集まりでしかない。つまりそういう事だ」

クロウさんまで。っていうかあんなに殴られて何で無事なの？　腫《は》れてもいないし。

訓練場に行った二人は三十分くらいで戻ってきた。信じられない事に魔法なしでルーティアさんの圧勝だったらしい。ダキアさんの悔しそうな顔が印象的だった。

「よし！　気も晴れたし、みんなで飲むぞ！　今日は私の奢《おご》りだ！　酒持ってこい！」

ルーティアさんって、そういうキャラだったんだね。

クロウさんはエプロンを着けて早速給仕の手伝いを始めているし。やけに手際が良いのは何でだろう。

私のところには冒険者のみんなが来てくれて、無事を喜んでくれた。ニアさんには抱きつかれて散々撫《な》で回される。温かいみんなが凄く嬉しくて、帰ってきたんだと実感出来た。

3　同郷

ギルドに帰ってきた次の日から、残っていた訓練をやる事に。今日は魔法の基礎を学んだ。先生はルーティアさん。クランの人から聞いたのか、レンジャーの私が使えないはずの魔法を使っていた事はすでに知られていた。

「ま、今更何も言わないさね。ともかくコントロールをしっかり覚えていこうか」

私は一つの魔法に精神力を込めすぎているらしい。そういえばクランの人にも言われたような。

精神力のコントロールを重点的に教えてもらった。

昼には冒険者ギルドの受付に顔を出す。

「ミナさん！　無事で良かったよ！」

「イクスさん。ただいま！」

イクスさんは昨日は非番でギルドにはいなかった。今朝ギルドに来て私の帰りを知ったとか。

「教えてくれれば飛んできたのに」と悔しそうに笑っていた。

「今日くらいのんびりしてもいいんじゃないかな？」

「なんか落ち着かなくて。仕事をしようかなって」

今回はルーティアさんに断っておいたから怒られる心配はない。

「ミナさんは真面目だなぁ。あまり無理をしないようにね。そういえばミナさんはパーティに所属はしないのかい？」

「んー、まだ考えてないですよ」

まだまだ実力不足だし、お荷物にはなりたくない。もう少し経験を積んでからにしようと思う。

「ミナさんならどこでも大歓迎だと思うけど、所属するならよく考えてからにするんだよ」

「はい！」

そうして依頼を確認する。森林内の警ら、まだあるんだ。やってみようかな？

イクスさんに聞いたら、いつも行かない方の森に現れる不審者が何者かを確認するだけらしい。金属鎧を着た銀髪の女性で、すぐに逃げてしまうのでなかなか捕まえられないそう。

こちらが攻撃しなければ向こうから襲ってくる事はないとか。

「冒険者の中では《白銀《しろがね》の君》なんて言われているけど、少し前に捕まった賞金首と関係があるかもしれないそうだよ。それと付近にはフォレストボアやフォレストウルフがいるから気をつけてね」

イクスさんに詳しい事を聞いてお礼を言い、明るいうちに森へ出かけるために一旦宿屋に戻る。

昨日帰った時の事だけど、おじさん達はまた何日も空《あ》けていたのに私の部屋をそのままにしておいてくれていた。おじさんと奥さんにお礼を言ったら「ずっといてくれていいからね」だって。しっかりお礼も言って、また森の食材を採ってくる事を約束して部屋に戻った。

そうだ、ステータスの確認もしておこう。鑑定を使用！

――うん。随分強くなったね。技能としてベッツさんの使っていた大防御と、メイアさんが使っていた範囲攻撃ダメージ減衰も習得していた。弓は実戦で使った事はないけど、ダブルアローにエイミングアローという武技《アーツ》も覚えている。そろそろ主力武器にしていきたいな。

精神力も結構増えたし、そろそろラグフリジットも使えるかも。

[ラグフリジット　消費：三百　基礎ダメージ：七百二十　巨大な氷の塊《かたまり》を分裂させ、複数の敵に射出する]

ヘルプさんありがとう！　今の私だと撃てて二発かぁ。ダメージ七百二十って私、即死じゃん。凄い魔法だったんだね。流石《さすが》二十五位階魔法。

ステータス確認もこの辺りでやめにして、装備を整えて森に出発！

いつもと違う方に行くだけなのに緊張する。でも森の様子自体はあまり変わらないみたい。森といっても日を遮《さえぎ》るほどの木々というわけでもなく、木洩れ日《こもびび》の下でお昼寝でもしたくなるほど穏やかだ。違いは全然スライムがいない事かな。代わりにフォレストボアやフォレストウルフがいるらしい。ちょっと離れただけでモンスターも違うんだなぁ。索敵《さくてき》しながら奥へと進んでいく。

遠くで中型の生き物が数体、結構な速度で移動している。動きを止めて木の陰から様子を見た。

狼だ。あれがフォレストウルフかな？　結構大きい。そして物凄く速い。

脇目も振らず、まさに一目散に走っている。ん？　って事はまさか？

続けて地鳴りのような音が聞こえてくる。や、やっぱり。

フォレストウルフ達の来た方向から巨大な何かが現れる。現れたのは巨大な猪《いのしし》だった。さっきの狼の四、五倍はあるんじゃないかという超巨体。あれ、フォレストボアじゃないよね？

【キングフォレストボア】レベル：十五　フォレストボアの変異種。怒りに我を忘れている。

変異種なんだね。こちらも結構な速度で走ってきている。

木を薙《な》ぎ倒しつつ、少しずつ進む方向を変えて——こっちに来る！

私も走って逃げた。ボアの進行方向とは垂直に全力で！

小回りは利かないんだと思う。実際、私に向かおうとして方向を変えるものの、ちょっとしか曲がらない。

よし！　逃げきれそう！　と思ったところで、キングフォレストボアは減速する。一旦立ち止まって方向転換。そしてこちらに向かって全力で走り出す。

意外と頭いいんだね！　じゃなくて、なんでこっちに来るの⁉

私は走る速度を落としていないけど、かなり距離が詰まってしまった。

木を避けながら逃げる方向を変える。藪《やぶ》を飛び越えてって、うわっ！

足が何かに引っかかってうつ伏せに地面に倒れ込む。右足にツタが引っかかって転んだみたい。

近づく地響き。や、ヤバイ、轢《ひ》かれる！

超巨大猪《いのしし》の顔が藪《やぶ》の向こうに見えた瞬間、それは突然起こった。

キングフォレストボアの巨体が横に吹き飛んだのだ。巨大猪《いのしし》が木々を倒して転がっていく。

何？　どうなったの？

呆気《あっけ》に取られている私に声をかけてくる人がいた。

「無事みたいですね」

腰まである銀色の髪に白い肌。銀色の金属鎧、右手には長剣。

彼女はチラリとこちらを見て呟いた。そしてキングフォレストボアに向かって走り出す。

あの人が助けてくれたの？　どうやって？　それにあの容姿は捜していた人だ！

何よりも一番驚いたのは……

「今のって、日本語だよね」

キングフォレストボアは起き上がり、白銀の君目がけて突進する。あの巨体に突進されたらどうしようもない。助けないと！　幻覚魔法を準備するが、射程距離が微妙だ。急いで私は前に出る。

でも、間に合わない！　思わず顔を背《そむ》けてしまう。

ガゴッ！　ズザザザッ!!

凄い鈍い音がした。そして何かを引きずるような音。

恐る恐る目をやると、彼女はキングフォレストボアを真正面から受け止めていた。

「えぇー!?」

嘘でしょ!?

「それっ！」

かけ声と共にキングフォレストボアの首を捻《ひね》って横に転がし、素早く首元に剣を突き込む。彼女の長剣が深々と突き刺さり、猪《いのしし》は苦しそうにバタバタと足を動かす。そして絶命した。

剣を引き抜いて血を拭《ぬぐ》い鞘《さや》に納める白銀の君。彼女は手をかざしてキングフォレストボアを収納している。

「あ、あのっ」

彼女は無言で振り返る。その顔に表情はなかった。

「危ないところをありがとうございました！」

返事はない。

「えっと、さっき話していたのって日本語ですよね？」

ゆっくりと後ずさる白銀の君。ああっ、逃げないで！

「待って！　あなたをどうにかするつもりはないの！」

慌てて日本語で叫ぶと、彼女は目を見開いて足を止める。

「ひょっとしてあなたは日本人ですか？」

立ち止まってくれたので少しずつ近づきながら話しかけた。

「あ……う……」

あ、う？

「に……」

に？

「日本語だ〜!!」

そう叫びながら、彼女は私に抱きついてくる。

「ちょちょちょ！　どうしたんですか!?」

「やっと話の出来る人に会えた～!!」

抱きついたまま泣きじゃくる白銀の君。まさかこの世界の言葉が話せないの？


「落ち着きました？」

コクリと頷く彼女。まだ目には涙を浮かべている
私は泣きじゃくる彼女の頭を撫《な》でたり背中をさすったりして、落ち着くのを待っていた。

「私はミナっていいます。あなたの名前は？」

「ユキです」

互いに自己紹介をし、近くの倒木に腰かけて話をする。

「ユキさん、変な事を聞きますけど、ユキさんはこの世界に来る時に神様に会ったりしました？」

「はい。女神様でした。随分と可愛らしい姿で、確か名前はナーサリアって言っていました」

「じゃあ私の会った神様とは別の方ですね」

「そうなんですか」

神様って複数いるんだね。

「あの、ユキさんのステータスを見せてもらってもいいですか？」

「見られるんですか？　いいですよ」

鑑定をされると嫌な感じがするので、一応断ってから行う。

レベルは四、耐久力が百！　カッコ表示で六万五千五百三十五!?　他のステータスは魅力が六十

で生命力が凄い事になっている。他は普通。ギフトは頑健《がんけん》、抵抗、耐性、アイテムボックスとインベントリ。最初の三つは何だろう？
［頑健《がんけん》　怪我をしても瞬時に再生する］
［抵抗　ありとあらゆる状態異常にかからない］
［耐性　体が丈夫で、体調不良にならない］
何それ凄い。つまりユキさんは無敵って事？　何を望んだらこんな風になるんだろう？
「ユキさん、良かったらこの世界に来た経緯を話してもらえますか？　私も話しますから」
「はい」
私達は森の中で少し語らう事になった。

「私が真っ白な世界で会ったのは、小柄で可愛らしい女神様でした」

さっき、私とは違う神様に会ったって言ってたね。

「ユキさんはどうして亡くなったか覚えている？」

「はい」

ユキさんは生まれつきの病気で、病院でずっと暮らしていた。

殆《ほとん》どベッドから出る事もなく、テレビを見て、本を読んで、両親と話をして。それが全てだったそう。ユキさんのお母さんは「丈夫な体に産んであげられなくてごめんなさい」といつも謝っていたとか。自分のせいで両親を不幸にしてしまった。沢山愛情を注いでくれたのに、恩を返せずにここにいる。悔しかった。申し訳なかった。彼女は俯《うつむ》きながらそう語ってくれた。

そしてある日死んでしまったユキさんは、ナーサリアと名乗った十二、三歳くらいの北欧系の美少女に出会う。彼女は別の世界で神様をやっていると言った。

「そして、アスティアに転生をさせてもらえるという話を聞いたのです」

ユキさんは両親に一言お礼を言いたいから元の世界に転生をさせてほしいと言ってみたけど、返ってきたのは『ごめんなさい、それは出来ません。でも、夢の中でなら会う事が出来ます。お二人にお礼とお別れを言う機会を作りましょう』との言葉だったそうだ。ユキさんはそれだけで満足だったし、心残りはなくなったと感謝していた。

ナーサリア様はそんな優しいユキさんにもっと自由に生きてもらいたいと思ったのだろう。ユキさんを良い条件で転生させてあげたいと言ってくれたらしい。

容姿も美しく創ってくれて、要望も聞いてくれた。ユキさんは生前の後悔から、丈夫で健康な体が欲しいと望んだ。それを聞いた女神様は目一杯丈夫にしてくれたみたいで、ユキさんが自分の体の凄さに気づいたのはアスティアに着いてからだったそう。

一通りの設定をしてから、ユキさんは夢でご両親にお礼とお別れを言ってアスティアに送ってもらった。

目が覚めたのは森の中。両腕には白銀の籠手《こて》、鎧《よろい》も白銀、脚には白銀のグリーブにブーツ。ブーツには金属板で補強がされていた。鎧《よろい》の下は無地の白ブラウス。ボトムスは黒色のレギンススカートで、寝ていた側には長剣が置いてあったとか。

しっかり装備が用意されていたんだね。私の時はかなり軽装だったな。別に文句があるわけじゃないんだよ。そういえばユキさんはその時の格好のままだね。洗浄《クリーン》が使えるみたいだから定期的にかけていたのかな？

「長剣も防具も金属ではないような軽さで驚きました」

ユキさんは十二歳で亡くなったけど、今の体の年齢は十六歳。

それからユキさんは手や足の動きを確認して、体が自由に動く事を喜び森の中を走って風を感じたそうだ。何時間走っても息も切れず、不思議に思って足を止めた時、何かの気配を感じた。木の陰から出てきたのはとても大きな狼。

体長四メートルは超えているそれが、唸《うな》り声を上げながらゆっくりと近付いてくる姿を見て、やっと異世界に来たのだと実感したらしい。

「体が自由に動く喜びにはしゃいでしまいました。でも、後悔しても遅かったのです」

ユキさんは話を続ける。

飛びかかってくる狼に、咄嗟《とっさ》に剣を構えたけど、強靭《きょうじん》な爪で弾き飛ばされてしまう。そのまま押し倒され、目の前に大きな牙が迫ってきて、ユキさんの喉《のど》に喰らいつこうとした。

必死で右腕を噛《か》ませて防御したため、狼は籠手《こて》に歯を立て胸の辺りに鋭い爪を立てた。けど、腕も胸も全く痛くなく、のしかかる狼の重みも感じない。不思議に思ったユキさんは、唸《うな》り声を上げながらガジガジと腕を齧《かじ》っている狼を見ていたら何だか腹が立ってきたらしい。

そこで左腕に力を込めて狼の顔を殴った。他に出来る事がなかったので続けていたら狼が飛び退《の》いたそうだ。

慌てて飛び起きて睨《にら》むと、唸《うな》り声を大きくする狼。また飛びかかってくるつもりだ。剣も近くにはなかったし、パンチは効いてない。逃げようにも相手の方が絶対足が速い。悩んだユキさんは頑丈な自分の体を信じて突進した。籠手《こて》で顔を守りながら。

狼に押し潰される事も覚悟していたけど、結果的に狼を弾き飛ばせたのだそう。

木に叩きつけられて地面に落ちた狼はヨロヨロと起き上がって一目散に逃げ出した。

ユキさんも自分の体に異常がないか入念に確認したところ、怪我もなく息も切れていない。

この時、自分がとんでもなく頑丈なのかもしれないと気づいたらしい。

そうして、弾き飛ばされて遠くに落ちている剣を拾い、鞘《さや》に納めて足早にその場を去った。

しばらく歩いたユキさんは、今度は猪《いのしし》を見つけた。これもまた大きくて体長三メートルくらい、地面を掘って何かを食べている。その姿を見ていて気づいたのは、自分が喉《のど》の渇きも空腹も感じていないという事だった。

そんな事を考えていたら猪《いのしし》が気づいて、一鳴きするとユキさん目がけて突進してきた。

さっきの狼よりは小さいけど丸々としていてかなり重そうだし、毛皮も硬そうで剣が通る気がしなかったユキさんは、猪《いのしし》の突進に正面からぶつかってみたらしい。

「今度は私が押し返されてしまいました。その時も痛みは感じませんでした」

ユキさんは押され続けるのも嫌なので、とりあえず頭を掴んで横に揺さぶったり、首を捻《ひね》ったりしてみた。何度かやっているうちに、やや斜め気味に捻《ひね》ったら猪《いのしし》が簡単に転がったそう。

さっき私を助けてくれた時にやった技術だね。自分で編み出したんだ。

猪《いのしし》がビックリして逃げてくれるかと思ったらまた突進してきた。受け止めて同じように転がしてみる。また起き上がって突進。突進。突進。

猪《いのしし》も頭に血が上《のぼ》っているらしく、ユキさんへの攻撃をやめようとはしなかった。このままずっと付き合ってはいられないので、何度目か転がした時に剣を抜いて首の辺りに突き刺してみる。

硬い毛皮で防がれるかと思ったけど剣はすんなりと入り、思い切り突き込めたとか。猪《いのしし》はしばらくジタバタと動いていたけど少しずつ動きが鈍くなり、やがて動かなくなった。

「生き物を殺してしまったと、その場で罪悪感に苛《さいな》まれました」

苛《さいな》まれるとか十二歳の女の子はあまり使わないんじゃない？　いやそれはいい。話に集中しよう。

殺してしまった以上、命を粗末にしてはいけないから食べようと思ったけど捌《さば》き方がわからない。持って移動しようにも数百キロはあるだろうが、試しに持ち上げてみようと触っていたら猪《いのしし》が消えたそうだ。

「それは多分、アイテムボックスかインベントリに入ったんだと思うよ」

「何ですかそれは？」

そっか、鑑定はなかったから自分のステータスがわからないんだ。教えてあげたら、ユキさんのインベントリに全部入っている事がわかった。

「てっきり消滅していたのだと思っていました」

「勝手に消えたりはしないよ」

ゲームじゃないんだからね。まあ、迷宮では消えるけど。さて、話に戻ろう。

ユキさんはその後、剣の扱い方や体捌《たいさば》きを確認しながらひたすら猪《いのしし》を狩っていたらしい。

夢中で戦っていたら夜になってしまったので、木にもたれかかりつつこの体について考察した。

空腹にもならなければ眠気も感じず、自由に動く体は嬉しいけど能力が桁外《けたはず》れ。

戦闘中に無防備に体当たりを受けてみたりもしたけれど、弾き飛ばされても木に叩きつけられても何ともなかったし、剣や防具もあれだけ酷使したのに傷一つない事から、世界が雑に出来ているのかと思っていたらしい。

ボンヤリと色々考えていたら遠くの方に灯りが見えて誰かが近付いてきていた。火を使っているなら人かもしれないと思い、少し警戒を緩《ゆる》める。

現れたのは三人、スキンヘッドの大男、左目に眼帯をした長身の男、出っ歯の小男だった。

挨拶《あいさつ》をしてみたけど言葉が通じなくて、日本語ではコミュニケーションが取れない事がわかったそうだ。その後も片言の英語で話しかけてみたけどやっぱり言葉は通じない。

とにかく身振り手振りで敵意がない事だけは伝えてみたら、男達は笑顔で近付いてきた。

「でも、相手は始めから私と仲良くするつもりはなかったみたいでした」

その後、スキンヘッドの男に口を塞がれ肩を木に押しつけられてしまった。男達は口々に何かを言っているけど何を言っているのかわからない。小男が近づいてきて脚を撫《な》でまわしてきた。

「えぇ……その人達ってまさか……」

「一人でいた私を襲おうと思ったのでしょう。気持ち悪かったし、怖かったです」

眼帯の男がロープを持って近付いてきたのを見て、このままだと捕まってしまうと思ったユキさんは必死で暴れたものの、大男の力が強く逃げる事が出来なかったらしい。

抵抗を続けていたら大男に拳《こぶし》で殴られたけど、何ともなかった。驚いた大男の押さえつける力が弱くなったので、頭から大男にぶつかって大男を数メートル後ろに吹き飛ばす。苦しそうに呻《うめ》き声を上げている大男を見て、固まっていた二人の男はすぐにユキさんを捕まえようと動き出した。

小男がユキさんの動きを止めようと飛びかかってきたが、狼の攻撃に比べたら大した事はなくて、そのまま体当たりし返すと大きく宙を舞い地面に激突。

眼帯の男はロープを左手に持って、右手には腰に帯びていた短剣を構えていた。

この時にはユキさんも、剣で戦うよりも体当たりする方が威力が高い事に気づいていたらしい。

眼帯の男に短剣で右の肩を突き刺されたけど刺さりもせず、そのまま男は吹き飛んで、凄い勢いで転がりながら闇に消えていった。

「何でこんな威力なのかはわかりませんでしたし、頑丈な理由もわかっていませんでした」

「体当たりのダメージベースは耐久力です。ユキの耐久力で体当たりをされたら大抵の者は一撃でしょう。技能がなかったのと、まだ体に馴染《なじ》んでいなかった事からダメージが大きくならなかったものと推測します」

ユキさんにヘルプさんの教えてくれた内容を伝えたら、「なるほど」と納得した。

話に戻ろう。

まだスキンヘッドの大男が立ち上がってくるかもしれないと思ったユキさんは、森の中へ全速力で逃げ出し、そのまま夜明けまで当てもなく走り続けてしまった。

ユキさんは考えた。近くに街はないのだろうかと。あったとしても会話が出来なければ何もならないし、あの人達が死んでしまっていたら自分が罪人として指名手配されるんじゃないかと不安になった。出頭して事情を話し、正当防衛を主張しようにも言葉が通じない。

この体のおかげで衣食住が揃っていなくても大丈夫だけど、いつまでも森の中で猪《いのしし》や狼と戯《たわむ》れているわけにもいかない。

「折角女神さまに転生させてもらったのに、この世界にやって来て文明的な暮らしを一切せずに、やった事は生態系の破壊でした。なんて嫌ですよね」

「うん。そうだよね」

ユキさんはあれこれ考えながら歩いているうちに、舗装《ほそう》されていない真っすぐな道に出た。

私が初めに歩いた道と同じかな？

どちらかに行けば街があると思い、行き交う数台の荷馬車の様子を見てどちらが街に近いかを推測したらしい。

「どうやって見極めたの？」

「右から左に行く馬車は御者《ぎょしゃ》の人や乗員が元気そうで、左から右へ行く馬車は、どこか疲れた様子の人が多かったのです。長旅を経《へ》てここまで来たから疲れていると推測するなら、右方向へ行くのが街への近道だと判断しました」

頭いい！　私だったら適当にどちらかに歩いちゃったと思う。

ユキさんは夕方まで歩いて、大きな壁が張り巡らされているところまでやってきた。

エリストの街だ。検問に行列が出来ていたのでとりあえず並んでみた。言葉が通じなくても身振り手振りで何とかならないかと思ったそうだ。しばらく並んで遂にユキさんの番がきた。

ジェスチャーを交えながら必死で説明したけど通じなくて、武装した衛兵の人が集まってきた。

帰ろうとしたところ槍を突きつけられて止められる。

抵抗したら他の衛兵に脚を打ち据えられた。続いて石突きで腹部を突かれ、肩も石突きで打たれた。鎧《よろい》にも傷は突かないし倒される事もなかったけど、何もしていないのにそんな事をされて凄く傷ついたそう。

衛兵がユキさんを捕縛しようと動いた一瞬の隙をついて門から逃げ出したとか。

結局、森の中が一番落ち着く場所になってしまった。開き直ったユキさんは体が動く事の喜びを満喫《まんきつ》してやろうと、狼や猪《いのしし》とひたすら戯《たわむ》れて過ごす事に。

何度も人に出会ったけど、何をされるかわからないので見つけたら一目散に逃げていたらしい。

そして数日後、巨大な猪《いのしし》に遭遇して、戦っている時に偶然私に出会った。

「これが私の体験した全てです」

「大変だったんですね」

「はい……」

さて、これからどうしようか。依頼についてはこの際置いておいて、ユキさんがこの世界で生きていくためには言語を何とかしなくてはならない。

私が一つずつ教えていってもいいのだけど、それでは時間がかかりすぎる。

神様にどうにかしてもらえないか聞けないかなぁ。

「教会で祈りを捧げると、ごく稀《まれ》に天啓《てんけい》を受ける事があります」

それだ！　ヘルプさんありがとう！

「ユキさん、教会に行ってみましょう。ひょっとしたら色々と解決出来るかもしれません」

「私、街に入れるのでしょうか？　衛兵の人と揉《も》めてしまいましたけど」

「でも怪我をさせたりしたわけではないですよね？　私が事情を説明しますので」

「わかりました。お願いします」

不安そうながらも、ユキさんは素直に私についてきてくれた。


そして門に着いたところで、顔見知りになった衛兵さんと会った。

「嬢ちゃん、その娘と知り合いだったのか？」

「ええと、さっき知り合ったというか、彼女はユキさんっていう旅人です。私と同郷でこっちの言葉がまだ上手く話せないんですよ」

「このまえは、ごめんなさい」

ここに来る前にこの言葉だけは教えておいた。申し訳なさそうに深々と頭を下げるユキさん。

「い、いや、こちらも対応が悪かった。あの日は若いのが対応したんだが、捕縛して尋問しようとしたらしい。言葉が通じないだけでやる事じゃあない。すまなかったな」

ユキさんに日本語で通訳しておじさんの言葉を伝えた。

「よかったぁ」

頭を上げたユキさんの目には涙が浮かんでいた。近くにいた衛兵さん達が息を呑む。

何だか衛兵の皆さんの様子がおかしいのだけど、大丈夫かな？

「本当にすまなかった。身分証はあるか？　ないなら仮証《かりしょう》を発行する。迷惑をかけてしまったから発行料はなしでいい」

ユキさんに通訳をすると「お願いします」と再び頭を下げる。慌てる衛兵さん達。

「お願いしますって言っています」

「あ、ああ！　そうか。良かった」

何か衛兵さん達の対応が変だったけど、無事に街の中へ入る事が出来た。

仮証《かりしょう》を大事そうに持ちながらニコニコとしているユキさん。そういえば中身は十二歳なんだっけ。

私がしっかりしなくっちゃね。

まずは教会に行ってお祈りしてみよう。

大通りを歩いていくと背の高い建物が見えてくる。屋根の上に十字架があるからわかりやすい。

両開きの重そうな扉は開け放たれていて、人の出入りがちらほらあるみたいだ。

二人で中に入ると、シスターが声をかけてくる。

「ようこそ。エリスト大聖堂へ。お祈りでしたら十分に席がありますのでご自由にお座りください」

「ありがとうございます」

二人してお辞儀をして、なるべく前の空《あ》いている席に向かう。席は全て長椅子だ。

前から二列目の空席に着いて、お祈りを始める。って、お祈りってどうすればいいんだろう？

二人して顔を見合わせていると、近くにいたシスターが教えてくれた。

それに従い手を合わせて目を閉じて祈る。周りの音が聞こえなくなり、空気が変わった気がした。


「ミナ、目を開けてください」

「え？　あ！　女神様！」

「ようやく会えました。無事で何よりです」

目を開けると初めて女神様に会った真っ白な空間だった。

「ずっと貴女《あなた》を見ていました。大変な思いをさせてしまいましたね。やはりもっと強化しましょう」

女様は私に詰め寄ってくる。凄く心配してくれていたようで何だか申し訳ない。

「い、いえ！　これ以上強くしていただかなくて大丈夫です！」

「そうですか？　私は心配で……」

私が断った事で戸惑う女神様は過保護なお母さんみたい。でも今回は私の事じゃなくて。

「ええと、私よりもこっちのユキさんをって、いない!?」

「お連れの転生者の方はナーサリアのもとに行っていますよ」

どうやら神様個々にこの空間はあるらしい。ユキさん、ちゃんと説明出来ているかな？

「見に行きますか？」

「はい！　ぜひ！」

人見知りそうだし心配だから見に行きたい。女神様にお願いすると笑顔で了承してくれた。

「ふふ、ミナさんは心配性ですね。もっとご自分の事も気にかけてくださいね」

女神様が手をかざすと、一瞬の浮遊感があって、目の前にユキさんと少女が現れる。

少女はユキさんの前で土下座をしていた。何これ？

「あ、あの！　もうやめてください。私もこうして無事でしたので。それに楽しかったですから！」

「いいえ！　能力の設定をやって言語調整を忘れるなんて、本当にごめんなさい！」

ユキさんがメチャクチャ困っている。

「ナーサリア、転生者の方が困っているではありませんか。その辺にしておきなさい」

「お姉……アウレリア様。わかりました。お見苦しいところを見せてしまいました」

二人は姉妹なのかな？　っと、それよりも。

「初めましてナーサリア様。私はミナと言います。アウレリア様に転生をさせていただいた地球人です」

「アウレリア様から聞いております。ユキさんを助けてくださってありがとうございました」

深々とお辞儀をするナーサリア様。凄く腰が低い女神様だ。

「それで、言語の調整は出来るのでしょうか？」

「はい。すぐにでも」

そう言うと、ユキさんの方に手をかざす。

「終わりました。言語翻訳を付与しましたので、もう大丈夫です」

そんな簡単に出来ちゃうんだ？

「ありがとうございます」

今度はユキさんが深々とお辞儀をしている。

「ミナ、貴女《あなた》には何を付与しましょうか？」

今度はアウレリア様が私に聞いてきた。

「え？　付与はこれ以上はいらないですよ」

ギフトもカンストで貰っているし、貰いすぎなくらいだよ。

「いえ、これまで見てきましたが命に関わる危険ばかりだったではありませんか。転生をさせた身としては、貴女《あなた》にすぐ死なれては申し訳ないのです」

確かに無茶な事をしたし、私のうっかりで危ない目には遭《あ》っている。

でも、それをどうにかするには新しい能力を手に入れるよりも……

「ええと、付与よりも、今ある能力を使いこなせるようになった方が良いと思います」

「そうですね」

頷くアウレリア様。

「ギフトやその他の能力とか、使いこなせるようになるにはどうしたらいいでしょうか？」

「ミナにはヘルプ機能を渡してありますね。それに全て聞いてしまえば大丈夫ですよ」

そうだ。ヘルプさんは超優秀だった。調合の時もフルサポートしてもらったっけ。

「ありがとうございます。戻ったらやってみます」

それでもアウレリア様は引き下がらない。

「ミナ、やはり心配ですのでステータスを少しだけ調整させてください」

「そこまで言うならお願いします。でも、本当に少しにしておいてください」

アウレリア様が私に手をかざすと、ちょっぴり体が温かくなった気がした。

「ついでに武器と防具についても調整させてもらいました。あとでヘルプを確認してください」

「え、はい。わかりました」

今の一瞬でそこまでやってくれちゃったんだ。なんか確認するのが怖くなってきた。

「ユキさん、他に困った事はありませんか？」

ナーサリア様がユキさんに聞く。

「いえ、言葉さえ通じれば、多分大丈夫です」

「そうですか」

ナーサリア様は何だか不満そう。女神様達は心配性だなぁ。

「ミナさん。あなたにはお礼をしなければなりません」

今度はナーサリア様が私のところにやってきた。

「そんな、いいですよ！　当然の事をしただけですから！」

「そうおっしゃらずに。私の加護をつけてしまいましょう！」

ナーサリア様が両手を掲げると、キラキラと光が降り注いで私の中に入ってきた。

「あ、ありがとうございます」

「それで、ミナさんにはこれからもユキさんの事をお願いしたいのです」

「はい。それは勿論。ユキさんがいいのならですけど」

ユキさんを見るとコクコクと頷いている。

「ではユキさんの事をよろしくお願いしますね」

「よろしくお願いします」

「こちらこそよろしくお願いします！」

笑顔で挨拶《あいさつ》を交わす。

「それではそろそろ地上に戻しましょう」

「ありがとうございました！」

女神様二人に笑顔で見送られて、私達は神様の領域を後にした。


目を開けると大聖堂の中だった。

横にお祈りの仕方を教えてくれたシスターがいる。目を見開いて私達を見ているけど、何かあったのかな？

「もし、お二人は天啓《てんけい》を受けられたのではないですか？」

「え？」

どうしよう？　トボけた方がいいのかな？

［お二人は意識のみ天界に行っていました。祈りを捧げていた時間は五分弱。その間、天啓《てんけい》を受けた者が発する神々《こうごう》しい光がお二人の周りにありました。この聖堂にいた者の殆《ほとん》どが目撃しています。なお、天啓《てんけい》は滅多に受けられるものではなく、十年に一度あるかないかの事象です］

トボけるのは難しいと。素直に答えた場合に予想出来る出来事は何があるかな？

［祈りを捧げている間にどのような事があったのかを詳しく聞かれます。ステータスを確認して、天啓《てんけい》で授かったものが何であるかを聞かれるでしょう。場合によっては司教などの高位の聖職者が面会に来るかもしれません］

えぇ……それはやだなぁ。でも答えないとマズいんだよね？

［では、「神様に会ったけど、その内容は誰にも伝えてはならないと言われた」と、伝えてください。これで状況確認は回避出来ます］

ありがとうヘルプさん！　ユキさんにはどうやって伝えようかな。

［神域で機能が拡張され、任意の相手にヘルプを共有出来るようになりました。転生者ユキに内容を伝えますか？］

おおお！　凄い！　お願いします！

［承《うけたまわ》りました］

というわけで教会にはヘルプさんが教えてくれた通りに説明して、後でステータスの確認をする事になった。ステータスボードは冒険者ギルドにしかないので、天啓《てんけい》で増えた能力は冒険者ギルドから教会へ伝えられるそう。

この後は冒険者ギルドに行くつもりだったので、丁度良かった。

最後に十万レクスほど寄付をして教会を後にした。シスターが目を丸くしていたけどアウレリア様達ともお話し出来たし、お礼にしては安いぐらいだよ。

それから私はユキさんを連れて冒険者ギルドに来ていた。

「ようミナ！　元気か？　って、白銀の君⁉」

入り口近くにいた先輩冒険者が大きな声を出すものだから、人が集まってきてしまう。

ユキさんは怯《おび》えて私の陰に隠れるようにしている。私の方が小さいのだけど。

「ちょっと、皆さん落ち着いてください！　この人はユキさんっていって、森にいた人で間違いありませんけど、事情があるんです！」

私はかい摘《つま》んで事情を説明した。

「なるほどな。言葉がわからなかったのか」

「そんじゃ仕方ないよな」

みんなユキさんに同情的だ。

「それで今日は――」

「ミナさん！」

イクスさんが冒険者達を掻き分けてやってくる。

「教会から連絡がありましたよ！　ギルドマスターのところに行ってください！」

私の手を取り引っ張っていくイクスさん。ユキさんの手は私がしっかりと握っている。

あっという間にギルドマスターの部屋に連れていかれた。部屋にはルーティアさんのみ。

「で、その子が白銀の君か」

「ユキといいます。よろしくお願いします」

「ああ、ギルドマスターのルーティアだ。よろしく」

深々とお辞儀をするユキさんを見てルーティアさんの表情が緩《ゆる》む。

「それで、天啓《てんけい》を受けたらしいじゃないか。君は本当に話題に事欠かないな」

「う、ごめんなさい」

苦笑いしながら言われ、つい謝ってしまう。

「これは良い事だから気にしなくていい。早速ステータスを確認したいのだけど、いいかい？」

「お願いします」

イクスさんがステータスボードを持ってきてくれた。

早速手を置いて確認したところ、何か色々増えている。まず生命力、精神力、気力がそれぞれ千も増えた。そしてギフトが追加されている。いらないって言ったのに。

「レベル十五!?　それにレンジャーって」

ステータスボードを見てイクスさんが驚いている。

「イクスさんごめんなさい。ダンジョンにいる間に自分でクラスチェンジしちゃいました」

「そうなんだ」

がっかりしているイクスさん。悪い事しちゃったかな。

「ギフトが増えた他、生命力、精神力、気力がかなり上がっているね。これも天啓《てんけい》なのかな？」

ルーティアさんが聞いてくる。

「はい、多分」

あとはヘルプさんが機能拡張されたんだよね。それで新しく増えたギフト——ラッキーシュートって？

［ラッキーシュート　幸運を基本値としたブースト］

ええと、後でしっかり確認しよう。軽く聞いただけでもとんでもないギフトに思えるし。

「それで教会に報告する内容だけど、ギフトとステータスの向上でいいかい？」

「え？　はい。それでお願いします」

ルーティアさんに聞かれて頷く。詳しく報告するのかな？　教会には秘匿《ひとく》出来ないのかな？

「一応補足だけど、ギフトを授かった前例はあるからね。あと詳しい内容まで報告しなくて大丈夫だから」

「ありがとうございます」

どうやら天啓《てんけい》を受けたって事が重要みたい。詳しく報告しなくて済むんだね。

次はユキさんの番だ。

「先に確認しておくけど、ユキは冒険者になりたいかい？」

「はい。なりたいです」

「じゃあ後で手続きをしよう。順番が逆になるけどステータスの確認をついでにやってしまおう」

ルーティアさんに促《うなが》されてステータスボードに手を置くユキさん。

「また随分と面白いステータスだね」

「耐久力百！　ギフトが四つも」

イクスさんもユキさんのステータスを見て驚いている。まあ驚くよね。

「どうせミナの事だからユキの鑑定はすでにやっているだろう？　変わったところはあるか？」

ルーティアさんに聞かれたので私も表示されたステータスを確認させてもらう。

「ええと、ステータスやギフトは出会った時と変わっていません。明確に変わったと言えるのは、言葉が話せるようになったところです」

「なるほど。我々の言葉が話せなかったと。それならユキの受けた天啓《てんけい》は言語という事でいいな」

ユキさんの方はアッサリと決まった。

「じゃあ冒険者になるために書類を書いてもらおうかな。字は書けるのか？」

「うんと、大丈夫みたいです」

ユキさんは手のひらに指で何かを書いて、確認して答える。

「じゃあここで書いてくれるかな。それと、ミナとコンビを組むにしても、明日から初心者講習を受けるように」

「わかりました」

イクスさんが書類を持ってきてくれて冒険者登録はすぐに終わった。

「ミナもそうだがユキも人目を引きやすい。大通り以外はなるべく歩かない事」

ルーティアさんに念を押される。大通り以外は治安が悪いのかな？

「知らない人についていったりしないようにね」

イクスさん、子供じゃないんだから！　って、ユキさんの中身は子供か。

あれ？　もしかして私にも言っているの？　それは酷くない？

「親切にありがとうございます。それで、一つ確認しなければならない事があるのですけど」

ユキさんが話を切り出す。森で戦った男達について確認したいらしい。

「やはり奴らを倒したのはユキだったのか」

ルーティアさんが頷きながら言う。ギルドもユキさんじゃないかと思っていたらしい。

「無事だったのでしょうか？」

心配そうなユキさん。その様子を見てふっと笑ってからルーティアさんが話す。

「彼奴《きゃつ》らは賞金首だよ。三人合わせて百二十万レクス。残念だけどたまたま倒れているところを見つけた冒険者が賞金は受け取ってしまったから、ユキには出ないがね」

「よかったぁ」

三人とも生きていたそうで、ユキさんはほっと胸を撫《な》で下ろしている。

「あなたはすでにクラスチェンジが出来るところまで経験を積まれているみたいですね」

表示されたステータスを確認しながら、イクスさんがユキさんに説明を始めた。

「冒険者というのは、初めはノービスというクラスになるのですが、あなたは冒険者になる前に多くの経験を積まれているので、すぐにクラスチェンジです」

「ノービスって、初心者という意味ですよね？　いきなり初心者卒業って事ですか？」

ユキさんが質問する。

「いや、クラスの名前だから。明日からの初心者講習には出てもらうよ」

ルーティアさんが補足してくれた。

「装備を見る限り、ユキさんに向いているのはファイターかウォリアーでしょう」

「はい。基本的には物理攻撃が主体です」

素直に答えるユキさん。流石《さすが》に体当たりが得意ですとは言わなかったね。イクスさんがクラスの説明を始める。

「ウォリアーは重装戦士で、堅い守りに大きな武器で戦うタイプです。ファイターは軽装戦士で、軽鎧を着て片手剣や小剣を使って戦うタイプです。どちらがユキさんの戦闘スタイルに合っていますか？」

「そうですね、鎧《よろい》についてはウォリアー寄りですけど、武器は片手剣以上のものは好みません。防御、守護を主体としたらどちらが良いでしょうか？」

説明を受けて少し悩んでから質問するユキさん。

「将来的にはウォリアーの方が適しています」

イクスさんもしっかりアドバイスしてくれた。

「ではウォリアーにします」

「わかりました。それではステータスボードに手を置いてください」

ユキさんは迷いなく選んだ。決断力が凄いね。そうしてステータスボードに手を置く。そういえば人のクラスチェンジって初めて見る。思わずまじまじと見つめてしまう。

「ええと、そんなに見られると恥ずかしいです……」

頬を赤らめてそう言うユキさんは、ちょっと色っぽい。

「ごめんね、つい」

「ミナは自力でクラスチェンジしているからね。正規のクラスチェンジはした事がないから興味《きょうみ》津々《しんしん》なんだよ」

ルーティアさんがユキさんに教えてくれる。

「え？　クラスチェンジって自力で出来るのですか？」

「前例はないよ。ミナだから出来たんじゃないかね？」

驚いて聞き返すユキさんに、あきれ顔で答えるルーティアさん。

「なるほど。ミナさんも規格外なのですね」

も、って事は自分が規格外だって認識しているんだね。

「では、ユキさんをノービスからウォリアーにクラスチェンジさせます。よろしいですか？」

「はい。お願いします」

「んっ」と小さな声を上げてユキさんの頬が紅潮《こうちょう》していく。痛そうではなく、気持ちよさそう。

「終わりましたよ」

イクスさんの声でユキさんが目を開ける。

「何だかとても気持ちよかったです。お風呂に入っているような感覚でした」

「そうなんだ。いいなぁ」

私もイクスさんにクラスチェンジさせてもらえばよかったなぁ。

ユキさんはなんだか恥ずかしそうだった。

「ステータスボードで確認してみましょう」

レベルが四から九まで上がっている。

「一気にレベル九ですか」

「またすぐにクラスチェンジだねぇ」

狼と猪《いのしし》をずっと倒していたから経験値が溜まっていたんだろうね。すぐに追いつかれちゃうかな。

「そういえばミナさん、警らの報酬を渡していませんでしたね」

イクスさんが話しかけてくる。そうだった。依頼でユキさんを捜していたんだった。

報酬を受け取った私はユキさんの方に向き、お金の入った袋を差し出す。

「ユキさん、この報酬はユキさんに差し上げます」

「そんな、悪いですよ」

遠慮するユキさん。

「キングフォレストボアに襲われていたところを助けてもらいましたから。そのお礼という事で」

「私だってミナさんに助けてもらったのです。受け取れませんよ」

それでも断られてしまった。なので違う提案をする。

「じゃあ、半分こでどうですか？」

「それなら、はい」

半分こして四万レクスを渡す。お金も初めて見たのだろう、ユキさんは目を輝かせていつまでも眺めている。価値も円とほぼ同じだとコッソリ教えておいた。

「えーと、ミナ？　キングフォレストボアって言ったかい？　その話、詳しく話してくれないか？」

後ろからガシッと肩を掴み、笑顔のままルーティアさんが言う。

そこで大きな猪《いのしし》を倒した経緯について二人に説明した。

「なんで早く言わないの？」

「ええと、忘れていました」

腰に手を当てて子供を叱りつけるお母さんみたいに言うルーティアさんは、なんか可愛い。

「忘れるような事じゃないよね？」

「ごめんなさい」

素直に謝っておこう。

あの大きな猪《いのしし》、キングフォレストボアは一月《ひとつき》に一度くらいのペースで現れるボスモンスターで、討伐《とうばつ》報酬が出るらしい。倒した事で八十万レクスも貰えるそうだ。

「しかし前回の出現から半月も経っていないのにもう出てくるとは。何かの前触れじゃなければいいんだけど」

ユキさんが凄い勢いで猪《いのしし》を狩っていたのが関係しているのかな？

ギルドでの用事も片付いたので、ルーティアさんとイクスさんにお礼を言った私達は宿屋に向かった。


「おかえり！　晩御飯はいつでも食べられるよ！　そちらはお連れさんかい？」

「ただいま！　同郷の冒険者のユキさんです」

「ユキです。よろしくお願いします」

出迎えてくれた宿屋の奥さんへ礼儀正しく挨拶《あいさつ》をするユキさん。

「おやまあ随分と美人さんだね！　ミナの友達ならサービスするよ！」

奥さんはテキパキと動きながら愛想良く笑顔で話してくれる。

ユキさんの噂《うわさ》を知っている冒険者がざわついたり、見惚《みと》れつつ集まったりで、周りが騒がしくなっちゃった。

「ミナの友達ならうちの家族みたいなもんだ！　文句のある奴はいるか？　いねえな！」

厨房《ちゅうぼう》からおじさんが顔を出してそう言い、睨《にら》みをきかせると、皆散っていった。

私はおじさんと奥さんに家族のように思われているって事？　凄く嬉しい！

と、それより、まずは――

「ユキさんの宿を探しているんですけど、空《あ》いていますか？」

「隣の二人部屋が丁度空《あ》いているから、そこを使ってくれて構わないよ！」

「ありがとうございます！」

夕食の前に部屋を移動してしまおう。ユキさんには先に隣の部屋に行ってもらって、使っていた部屋のベッドに洗浄《クリーン》をかけて他の場所も片付ける。

荷物は殆《ほとん》どインベントリに入っているので、そのまま隣の部屋に。

二人部屋は一人部屋よりも少しだけ広くなっていて、入って左手にクローゼットがあり、奥にはベッドが二つ。その間には椅子と机がある。

「部屋が空《あ》いていて良かったですね！」

「はい。ミナさんのおかげで助かりました」

二人して装備を外して、ついでに洗浄《クリーン》をかけたらユキさんに驚かれた。

あれ？　森で使っていたんじゃないの？

「森の中では川とかで体を洗ったりしていました。そんな便利な魔法があるなんて」

「ユキさんも使えますよ」

そう言ってベッドに腰かけて魔法の使い方をレクチャーする。ユキさんは呑み込みが早くてすぐに洗浄《クリーン》が使えるようになった。

さてさて、それでは増えたスキルとかの検証をしていきましょうか。まず私から。

ユキさんにも見えるようにヘルプさんがサポートしてくれた。万能すぎ！

すると、クラスの横にトリックスターと書いてある。ユキさんが呟いた。

「トリックスター、いたずら好きな人物とか、世界をかき回す者とか、そんな意味だったような」

えぇ……女神様、酷くない？

気を取り直して気になっていた事を順番に確認していこう。

まず、鑑定の仕方について。

［鑑定レベル四十においてはどんなものでも鑑定する事が出来、知りたい情報は全て知る事が出来る。情報量が多くならないように、知りたい事だけを意識して鑑定すれば効率よく行う事が出来る］

なるほどね。意識をしっかり向ければ知りたいだけがわかると。

次に、ラッキーシュートについて。

［ラッキーシュートレベル：四十　あらゆるものに自身の幸運を付与出来る。レベル一につき十パーセント］

つまり幸運の値を四百パーセント付与するって事？　六万五千五百三十五の四倍だから……二十六万二千百四十？

付与するって攻撃とかに？　いやそれはちょっと。晶石竜《しょうせきりゅう》でも八体は倒せちゃうんじゃ。

うん、だめだ。こんなものに頼っていたら普通の冒険者生活なんて送れなくなる。

間違いなく兵器扱いになっちゃう。

いや、普通の人には幸運百にしか見えていないのだから付与されるのは四百って事だ。バレなきゃ大丈夫。そういえばクロウさんに少し話しちゃったような。

でもクロウさんなら他の人には言わないかな？　言わないよね？

「ミナさん、大丈夫？」

「あーうん。大丈夫、多分」

心配そうに顔を覗き込んでくるユキさん。こういう時一人じゃないのは有難い。心配してくれる人が側にいるだけで何だか落ち着いてくる。

「新しく貰ったギフトは本当の意味で奥の手ですね」

「うん。なるべく使わないようにするよ」

それからユキさんのステータスを調べる事にした。

クラスチェンジをしたのでノービスからウォリアーになっているのはわかるけど、その横にフォートレスと書いてあった。

「フォートレスって何？」

「確か要塞という意味です。クラスが要塞って」

ユキさんのステータスでまず目を引くのは生命力。五十八万千八百十五もある。人類ってそんなに生命力が増えるのかな？　正に要塞のような生命力だ。

ユキさんの生命力を見て、生命力のソースは耐久力という事がわかった。

続いて体当たりについて。技能にチャージっていうものがあるのだけど、それはどうも体当たりの技能らしい。しかも体当たりのダメージソースは耐久力、チャージのレベルは四で、一レベルにつきダメージ追加が十パーセント。耐久力が六万五千五百三十五プラス、レベル分四十パーセントのダメージ追加なので体当たりのダメージは九万千七百四十九。ドラゴンに轢《ひ》かれてもそのダメージは出ないと思う。

そういえばユキさんは森で狼とか猪《いのしし》を狩っていたんだったね。どれくらいインベントリに入っているんだろう？　ユキさんに確認してもらった。

狼三十八頭、猪《いのしし》四十九頭。キングフォレストボア一頭。森の生態系、大丈夫？

あっ、そうだ。おじさんが肉を欲しがっていたっけ。

「ユキさん、猪《いのしし》の肉ですけど、少し宿屋のおじさんにあげられませんか？」

「いいですよ。少しじゃなくて全部でもいいです」

「全部は多分多いと思うけど、一頭くらいならすぐになくなると思うよ」

「じゃあ三頭くらい渡しちゃいましょう」

一階に降りていき、おじさんに肉の事を伝えると大喜び。早速保管庫に猪《いのしし》三頭分の肉を入れた。

あれ？　猪《いのしし》丸ごとじゃなくて、お肉だけになっている。

「インベントリの中で毛皮と内臓とお肉に分けられました」

（そんな事が出来るんだ！）

自分で解体しなくていいのは超便利！　おじさんも「お嬢さんが解体したのかい？　見事なもんだ！」と感心していた。ユキさんは「実家でよくやっていたので」と誤魔化している。

そしてお肉代を払おうとするおじさんに、「宿泊代として受け取ってください」とユキさんが伝えて晩御飯を頂き、部屋に戻って検証の続きをする事にした。

そういえば生命力のソースは耐久力だったけど、精神力と気力はどうなんだろう？

［精神力は知力、気力は筋力がベースになります］

なるほど。幸運は何にも関わらないんだね。

［幸運はレベルの増加で増えません。一番増加の見込めないステータスです］

ヘルプさん、フォローありがとう。と、ユキさんも質問をした。

「私もいいですか？　チャージの技能について、この技能があれば剣でもチャージが出来るのでしょうか？」

［チャージは格闘術に該当します。剣によるチャージは突き技に区分されますが、盾や槍はチャージ技能があります。盾はシールドチャージ、槍はランスチャージとそれぞれ専門の技能です］

「ありがとうございます」

チャージを主力に使っていく気なのかな？

さて、明日は初心者講習を受けて、キングフォレストボアの討伐《とうばつ》証明をしたり、ユキさんの生活品を買いに行ったりと忙しくなりそうだから、これ以上の検証はまた今度。

おやすみなさい。

次の日、私とユキさんは初心者講習を受けるためにギルドの訓練場に来ていた。

ユキさんの姿を見つけると皆それぞれ反応を示す。凄い美人さんだから、仕方ないよね。

一方のユキさんは、視線に慣れていないせいか私の陰に隠れようとする。

「皆さん好意的にユキさんの事を見ているだけですから、堂々としていればいいですよ」

「そうは言ってもちょっと恥ずかしいですよ」

そうこうしているうちに、今日の指導員がやって来た。いつか森でゴブリンを追っていたお兄さん達だ。

「おはよう！　今日の訓練を担当するガリアとグラッセだ。よろしくたのむ！」

「まずはストレッチからやるぞ。体が充分にほぐれたら二人一組で組み手をやってもらう」

私はユキさんと組み手をする。

冒険者は武器がなくても戦えるようになるべきという、グラッセさんの意向だ。素手による攻撃なら、打撃でも投げでも、絞め技や関節技でもいいらしい。とはいえ私は格闘術レベル一だし、ユキさんもレベル四だけど習ったわけではないので雑な攻防になってしまう。

「おう、やっているな！　そこはこう攻めたらどうだ？」

ガリアさんがやって来て指導をしてくれる。この人は直感で動くタイプの人みたいで、指導の仕方もちょっと雑だ。でも親しみやすくて覚えにくい事はない。

ユキさんも初めは少し緊張していたけど、今は自分から質問をしたりと熱心に指導を受けている。

あっという間に二時間が経って、休憩をしていると、ルーティアさんがやって来た。

「ミナ、ユキ、おはよう。昨日ユキにGランク冒険者になってもらったわけだけど、キングフォレストボアを一人で倒せる者をGにしておくのは勿体《もったい》ないから、簡単な試験でもしてFランクに昇格させてしまおうと思う」

「わかりました。私は何をすればいいですか？」

「そうさね、私と模擬戦をしてみるか？　どれほどのものか見るだけだから勝ち負けは関係ない。三分間戦ってみて内容で判断させてもらおうかね」

「頑張ります」

やる気満々のユキさん。急な展開に、訓練に来ていたみんなも動揺する。

「武器、防具は自分のものを使っていいよ。私はこれにするか」

そう言って、ルーティアさんは壁にかけてあった木の槍を持つ。ユキさんも武器を抜いて構える。

「よろしくお願いします！」

「ああ。いつでもどうぞ」

ルーティアさんからは攻めないみたい。ユキさんが斬り込む。摺《す》り足で低い姿勢からの薙払《なぎはら》いだ。後ろに下がりながら木槍でいなすルーティアさん。ユキさんはそのまま前に出つつ地面を這《は》わせるように剣を切り上げる。これもルーティアさんは横にヒラリと躱《かわ》す。

「随分と強気じゃないか」

「自分の丈夫さには自信がありますので」

「そうかい。じゃあ突かせてもらおうか」

言うと同時に、ルーティアさんの突きが三発、右肩、左脇腹、右腿にヒットする。が、ユキさんはビクともしない。

「これは驚いた。真正面に入ってもノーダメージかい。ダキアだって悶絶《もんぜつ》するのに」

あのダキアさんが悶絶《もんぜつ》するような突きをユキさんに打ったの？

「はい。大丈夫です。でも反応は出来ませんでした」

素直に答えるユキさん。

「ふむ。じゃあ次は、こんなのはどうかな？」

ルーティアさんが手をかざすと小さな火の玉が現れた。ただの火の玉じゃない。中に蜥蜴《とかげ》がいる。

「サラマンダー、その子と遊んでやりな」

精霊語で呼びかけられた火の玉が大きく揺らめいて、ユキさんに向かって飛んでいく。

剣で迎撃しようとするけど動きが速くて当たらない。幾度か攻防を繰り返していると、サラマンダーがユキさんに体当たりを始めた。

ユキさんはよろめく事もなく、そのまま剣でサラマンダーを攻撃しているが、やはり当たらない。

「ふむ、頑丈さは一級品だ」

少し離れたところで様子を見ているルーティアさん。

ユキさんはサラマンダーへの攻撃を諦めてルーティアさんに向かって走り出す。槍で牽制《けんせい》するものの、当たってもダメージのない攻撃を避けようともしないユキさんに、ルーティアさんは思わず後退する。薙払《なぎはら》い、斬り上げ、振り下ろし、突きとユキさんは鮮《あざ》やかなコンビネーションを見せた。

いや、最後の突きは勢いがない。まさか――

「ユキさん、ダメー!!」

ユキさんは無駄なく突きを避けたルーティアさんに向かってチャージを仕掛ける。背中に近い方の肩からぶつかるように体当たりを放っていた。

昔見た事のある格闘ゲームで、あんな技を使うキャラがいたっけ。

ルーティアさんは気配を察したのか、大きく後ろに飛んで避けてくれた。

空気が震えて風が巻き起こる。流石《さすが》九万オーバーのダメージを出す攻撃だけあって、外れてもその威力が窺《うかが》えた。

「なんだいそりゃ？」

「え、あ……すみません！」

当たっていたらルーティアさん死んじゃっていたかもだよ！　熱中しすぎ!!

「ふう。ユキ、合格だ。頑丈さならAランク以上だ。しかし冒険者は戦闘だけじゃない。もっと色々な経験を積む事が大事さね。訓練が終わったら受付でFランクの手続きをしておいで」

「はい。ありがとうございました」

何とか無事に終わって良かったよ。


午前中の訓練が終わり、ユキさんの冒険者証を書き換えにギルドカウンターへ向かった。

ギルド内はいつものように賑わっている。そういえばクロウさんの姿が見えない。昨日からダキアさんとアリソンさんにも会っていない。

「三人なら領主の依頼で出かけているよ。なんでも山の麓《ふもと》で魔物の動きが活発化しているらしいんだ。大ごとになる前に調査をしておくらしい」

イクスさんが教えてくれた。帰ったら三人にもユキさんを紹介しよう。

「マスターから聞いているよ。手続きをするから冒険者証を出してもらえるかな？」

「はい。お願いします」

手続きをしている間、カウンターの側で待つ事に。ユキさんはルーティアさんに認めてもらって嬉しいのか、ニコニコしている。

「ユキさん、人相手にチャージはダメですよ」

「つい夢中になっちゃいました。ごめんなさい」

「みんな無事だったので大丈夫ですよ。でも気をつけましょうね」

「はーい」

なんか今、わたし、お姉さんっぽかった。見た目は完全に逆なんだけどね。

「そういえばキングフォレストボアの討伐《とうばつ》証明がまだだけど、どうする？」

イクスさんが更新した冒険者証を持ってきた時に、ユキさんに尋ねる。

「アイテムボックスに入れてあるのですぐに出せますよ」

「わかった。じゃあ解体場で確認させてもらおうかな」

イクスさんと解体場に行く事に。そういえば解体場に行くのは初めてだ。スライムは解体なんてしないもんね。ワクワクしながら着いた先は、床が血っぽいもので赤かったり、なんか色々散らばっていたりで引いてしまった。

「ここでいいかな。ユキさん、よろしく」

「はい」

ユキさんがインベントリからキングフォレストボアを出す。

やっぱり大きいなぁ。ちょっとした家くらいあるんじゃないかな。

「た、確かに。確認したよ。それで、これはどうする？」

初めて見るのか、やや引きながらイクスさんがユキさんに聞いている。

「持っていても仕方がないので売却したいのですが」

「全部売却でいいかい？」

「はい。お願いします」

「じゃあ、解体後に査定をするから明日ギルドへ来てくれるかな。あ、討伐報酬《とうばつ》は今渡せるよ」

ギルドカウンターに戻って討伐報酬《とうばつ》を受け取るユキさん。初めての報酬が八十万レクスなんて凄いなぁ。

イクスさんにお礼を言って穴熊亭に戻ると、二人でお昼ごはんを食べた。やっぱりここのごはんは美味《おい》しい！　ユキさんも気に入ったらしく、シチューをお代わりしていた。

お昼からはユキさんの着替えや装備を買いに行く事に。

着替えや、生活に必要なものとか、冒険者証を首からかけるための紐とか。それから装備を買いに武具屋に。ユキさんは新たに丸い盾とショートスピアを買うみたいだ。

「これなら盾でも槍でもチャージが出来ますよね」

ユキさん、チャージが必要なのはドラゴンと戦う時くらいだと思うよ？　そういえば、黒鉄《くろがね》の刃《やいば》のメイアさんも似たような装備だったなぁ。クランのみんなともまた会えるかな。

忘れていたけど、私の装備にも女神様が何かをしたと言っていた。

［装備の特殊効果をショートソードは柄頭の飾りに、ブレストアーマーは留め金に依存させました。更新した装備にそれらを装着する事で効果を移譲させる事が可能です］

おおお！　それは凄い！　実はずっとショートソード、レザーブレストアーマーのままなのかと思っていたところだった。これは本当に有難い。そういう事なら私も装備を更新しよう。

そんな事情に加え、おじさんが熱心にすすめるものだからつい高い買い物をしちゃった。

【ミスリルショートソード】攻撃力：七十八
価格は十五万レクス。

防具は、合うサイズがなかった。おじさんが「今度子供用を仕入れておくよ」と言ってくれたけど、お礼を言いつつ微妙な気持ちになってしまう。すぐ育つもん。

ユキさんに慰《なぐさ》められながら気分転換に街を散歩する事になった。大通りを歩いて売っているものを眺めてみたり。大通りからほんの少し入ったところに小さな露店が出ていて、子供達が切り盛りしている。なんかいい匂いもするし気になるな。

「ちょっとくらいならいいよね？」

「ちょっとですからね」

ユキさんと話して近付く。そこでは十歳くらいの少年と少女が小さな浅い鍋で何かを焼いていた。

「これは、カルメ焼きじゃないですか？」

「カルメ焼き？」

「水と砂糖と重曹《じゅうそう》で作るお菓子です。本で見た事があります」

ユキさんが詳しいのは本からの知識なんだね。

「お姉ちゃん達買っていってよ。一つ百レクスだよ」

焼いている少年が言ってくる。ユキさんも食べたそうにしているので買う事にした。

「じゃあ二つください」

「はい！　ありがとう！」

お金を手渡すと女の子が受け取って焼き立てをくれた。甘くて香ばしくて美味《おい》しい。ユキさんもニコニコしながら食べている。

「凄く美味《おい》しいよ！　いつもここで売っているの？」

「ううん。俺達いつもは他の仕事をしているんだけど、今材料不足で、これを売って稼《かせ》ぐ事にしたんだよ」

「小さいのに偉いね」

「姉ちゃんだってあんまり変わらないじゃん」

う、私は十三歳だよ？　って三つくらいしか変わらないか。

「作り方は誰に教わったのですか？」

「昔いたお兄ちゃんがおやつによく焼いてくれたの」

ユキさんの質問に、今度は女の子が元気に答えた。

身なりからしてこの子達は孤児かな？　ストリートチルドレンなんだろうか？

「おいおい、誰に断ってここで商売しているんだ？」

大通りの方から声が聞こえる。見ると強面《こわもて》の男の人が二人、こちらに向かって歩いてきていた。

「誰も商売していないんだし、良いじゃないか！」

「ダメだな。ここは俺達の縄張りだ。勝手な真似《まね》は許さねぇ」

ここは素直に従った方が良さそうだよ。私は少年達を庇《かば》うように立って話す。

「ごめんなさい。街のルールとかよくわからなくて。すぐに片づけますから」

「売り上げを全部置いていきな。いや、そっちの嬢ちゃんも連れか？」

男がユキさんを見ながらいやらしい笑みを浮かべて聞いてくる。

「そうですが、何か？」

ユキさんも私の横に並んで聞き返す。

「その嬢ちゃんには付き合ってもらおうか。俺達が大人の礼儀を教えてやろう」

「礼儀なら今ここで教えてくれれば済みますよ」

ユキさんは少し怯《ひる》みつつも言い返す。少年達は広げた道具を急いで片付けている。

「わかれよ？　ここじゃあ色々出来ないだろ？」

背中がゾクリとした。笑みを浮かべているけど気持ち悪い。

「私達、もう行きますから。行こうユキさん」

少年少女が荷物をまとめたのを確認して、ユキさんの手を引いて奥へ逃げるように走り出す。

「おい！　待ちやがれ！」

待てと言われて待つわけがない。四人で全力で走って逃げた。

「姉ちゃん達ごめん！　巻き込んじゃったね」

「いいよ。それよりどこまで逃げるの？」

「孤児院だよ。姉ちゃん達もついて来て！」

走りながら話す。私達は少年達についていく事にした。

しばらく路地を走って、辿り着いたのは古い教会のような建物だ。四人でその建物に駆け込む。

「どうしたんだい？　そんなに慌てて」

声をかけてきたのはお婆《ばあ》さん。白髪《しらが》交じりの長い髪に教会のシスターの服、優しそうな人だ。

「怖いおじさん達に追いかけられたの」

少女が説明しているけど要領を得ないので、代わりに説明した。

「そう、怖かったわね。もう大丈夫よ」

そう言うと、お婆《ばあ》さんは「待っていて」と言って外に出ていく。

足音と共に話し声が近付いていきて、扉越しに聞き耳を立てる。

「おい、こっちにガキが来ただろ」

「だからどうしたんだい？　ここは孤児院だ。子供がいて当たり前だろう？」

さっきの男達だ。お婆《ばあ》さんは堂々と言い返している。

「うちのシマで勝手に商売をしやがった。アガリも渡さずに逃げやがって」

「お前達は子供から小銭まで巻き上げるのかい？　情けないねぇ」

落ち着いた口調で話すお婆《ばあ》さん。更に男達は激昂《げっこう》する。

「なんだとババア！　ルールに従わない奴には制裁だ。さっさと出せ」

「社会不適合者がルールを語るのかい。笑わせるんじゃないよ」

「ふざけた事言ってるんじゃあねえぞ！　痛い目に遭《あ》いたくなかったら言う事を聞くんだな！」

「そっちこそルールは守りな。ここの顔役とは話がついているんだ。それにここは教会の庇護下にある。問題を起こしたら困るのはお前達だよ」

「ちっ、まあいい。今後は勝手な真似《まね》をするんじゃねえぞ」

吐き捨てるように言って遠ざかっていく足音。

「ここの子達に何かしたらタダじゃおかないから覚悟しておきな！」

そうして、お婆《ばあ》さんが戻ってきた。

「もう大丈夫だよ。でも、あまり遠くに行っちゃダメだからね」

二人の頭を撫《な》でながら優しくお婆《ばあ》さんが言う。

「あなた達もありがとう。怖い思いをさせてしまいましたね」

優しい表情のまま私達にも声をかけるお婆《ばあ》さん。

「いえ、ありがとうございました」

さっきのやり取りをしていた人と同一人物だなんて思えない。

「私は冒険者のミナって言います。こっちはユキさんです」

「よろしくお願います」

私が紹介するとユキさんも挨拶《あいさつ》をする。

「私はクレリアです。この孤児院を管理しています。冒険者の方だったのね。小さいのに偉いわ」

褒《ほ》められた。って、ひょっとしてこの子達と同じくらいだと思われてる？

「この子達は仕事が出来なくなって、売り上げがなくなった事を心配しているの」

「この子達に聞きました。それで、その仕事って？」

「薬草の採取と加工よ。ポーションを作る材料の前処理をやっていたの」

クレリアさんが言うには、この孤児院ではディペン草やディポイ草の薬効部位を切り分けたり、洗ったりして教会に納めていたらしい。

「最近は魔物が多くなってしまって、森に行くのも制限されて材料が手に入らなくなったの」

採取に行っていたのは南の森、ユキさんがいた方の森らしい。どうやら私とゴブリンさんが倒したヒュージヴェノムスライムの一件以来、街の外に出るのに制限がかかっていて、クレリアさんと子供達は外に出る事が出来なくなっているそう。

「教会からの支援があるのだけど、現状ここは子供達で溢《あふ》れていて、収入を得ないと全員を養えないのよ」

この街の孤児は他の街に比べればまだ少ないけど、孤児院のような施設自体も少ないから運営が大変だとか。

「教会に支援の増額をお願い出来ないのでしょうか？　あるいは領主様にかけ合うとか」

「どちらもダメね。教会は資金繰りが厳しいみたいだし、領主様は……」

ユキさんの質問に答えてくれるクレリアさんだけど、領主様の話になったら口を噤《つぐ》んでしまう。

「ここでは話しにくい事なので、私のお部屋でお話ししましょう。二人は遊んでおいで」

クレリアさんは少年達にそう言って私達を自室に案内してくれた。クレリアさんのお部屋は机にベッドがあるだけの質素な空間だ。

「さっきの話なんだけど、昔、領主様に目をつけられて殺されてしまった子達がいたのよ」

「もしかしてロジャーさん達の事ですか？」

「あなた、ロジャーを知っているの？」

目を見開き聞いてくるクレリアさん。

「はい。つい最近、黒鉄《くろがね》の刃《やいば》というクランで一緒でした。ロジャーさんは元気でしたよ」

「そう。元気で……」

私の話を聞いて表情を緩《ゆる》ませるクレリアさん。優しい顔をしているけどどこか悲しそうでもあった。私はクランでの出来事と、ロジャーさんに聞いた事、セインさんから聞いた事を二人に話す。クレリアさんは事件当時からここの管理をやっていて、セインさんに事件の詳細を聞いていた。

「酷いですね……」

ユキさんは暗い面持《おもも》ちで呟く。

「領主様の横暴は目に余るものがある。あの一件以来、孤児院は領主とは距離を置いているわ」

無理もない。孤児院出身の子供達が殺されたのだから。

「あの子達は資金繰りに苦労している事を察して、自分達でも何とかしようと頑張ってくれていたんだね……」

あんなに小さいのに孤児院の事を考えて。私達にも何か出来ないかな？

「よかったら私達が薬草を採ってきましょうか？」

「うちに冒険者ギルドへ依頼するお金はないわ」

「依頼なんてしなくていいですよ。寄付だと思ってください」

スライムの件で外出が出来なくなっているのなら私も無関係じゃないし、ロジャーさんの孤児院なら何かしてあげたい。

「それじゃ申し訳ないよ。出せる報酬は少ないけど指名依頼にさせておくれ」

そうすれば依頼達成の実績が若干でも積めるからとクレリアさんは言う。それならとお願いすると、明日冒険者ギルドに指名依頼を出しておくとの事。

もう夕方になっていたので宿屋に帰る事にした。

夕飯をいただいて自室に戻り、洗浄《クリーン》をかけて早めに休む。

「明日は午前中は訓練をして、午後から森で薬草採取ですね」

「うん。初めての依頼だね。頑張ろうね」

「はい。楽しみです」

ユキさんもやる気だ。慣れた森での採取だから緊張はしなくて済むだろうけど、ここは先輩として私がリードしてあげなくちゃ。

次の日、朝食をとって宿屋を出発！　午前中の訓練を受けにギルドに行くと受付のお姉さん、アリアさんが声をかけてきた。

「おはようございます。今朝早くに孤児院のクレリアさんがミナさんとユキさんに指名依頼をしに来たけど、心当たりはあるかな？」

「はい。昨日孤児院に行って、そういう話になりました」

昨日あった事を詳しく説明する。あ、大通りから逸れた事がバレちゃうな。

まあ今更取り繕《つくろ》っても遅いし、何か言われたら素直に謝ろう。

「わかりました。ギルマスに話して了解を取っておきますから、二人は訓練に行ってきてください」

「はい」

今日の訓練にはエルクさん達も参加していた。ユキさんとは初対面だから互いに紹介しておく。

「よ、よろしく」

なんかエルクさんとロウさんが緊張している。ユキさんもいつも通り、ちょっと人見知り気味かな。

「よろしくお願いします。エルクとロウったら、ユキさんが美人だから緊張してるんですよ」

「ちょっ！　ニアそういう事は言うなよ！」

「だって本当の事じゃない」

赤面しながらニアさんに抗議するロウさん。その様子を見て笑うユキさん。

うん、仲良くなれそうだね。

今日の訓練の教官はフェルノーさんとラメイルさんだった。ユキさんはニヤついている二人を見て警戒している。悪い人じゃないんだけど、見た目がチャラいから誤解されるよね。

「フェルノーさんとラメイルさんは見た目はあんなでも、紳士でいい人達ですよ」

「お知り合いだったんですね。ごめんなさい」

少しは緊張を解いてくれたかな。

「聞こえてるぞミナちゃん。『あんな』って酷いじゃないか」

「ごめんなさい！」

フェルノーさんに聞こえちゃっていた。褒《ほ》めたつもりだったんだけど失礼だったね、反省。

「謝る事はないですよミナさん。実際その見た目のせいで初めて会った時は警戒したし、下心があって近付いてきたんですから！」

「ひってぇニアちゃん。それに下心なんて人聞きが悪いよ」

「本当の事じゃないですか」

抗議するラメイルさんに、ニアさんは結構手厳しい。

「ま、まあいいじゃないか！　俺達は悪い奴じゃない！　さあ、訓練を始めるぞ！」

フェルノーさん、そういう事は自分で言う事じゃないと思うんだけど。

ユキさんは怪しんでいたけど、実際に訓練を指導する真面目な姿を見て安心したみたい。ラメイルさんに短槍と盾を使った立ち回りについて熱心に質問をしていた。私も小剣を使っての立ち回りをフェルノーさんに指導してもらって、最後はエルクさん達と模擬戦をやる事になった。その途中、ニアさんに聞かれる。

「ミナさん、凄く強くなってない？」

「そうですか？　全然強くなった気がしないんですけど」

何合か打ち合って対峙しているエルクさんは肩で息をしている。

「いやいや、見てるだけでわかる。メチャ強くなってるって」

ロウさんが遠巻きに私達を見ながら言っている。ダンジョンアタックで晶石竜《しょうせきりゅう》を倒したからかな？

続いてユキさんとロウさんが模擬戦を始める。

「やべぇ、ユキさん強すぎ」

「いきます！」

「ちょっ！　待った！」

ロウさんは攻撃しても全く怯《ひる》まないユキさんに困っていた。

何をしてもノーダメージなのって困るよね。足を払っても転ばないし。

「ユキさん凄いですね。流石《さすが》、白銀の君……」

「一人で何日も森の中で暮らしていたからね」

ニアさんの呟きに思わず答えてしまう。

ユキさんの一方的な攻撃にロウさんが降参し、すぐに勝負がついた。

「ロウ、まだまだだな！」

「んな事言ったって、あんなのどうしようもないじゃないか」

笑いながら言うフェルナーさんに、投げやりに言い返すロウさん。あんなのって酷くない？

「俺なら小手先で捌《さば》くのは諦めて力で押し込むね。筋力勝負なら負けないだろ？」

「な、なるほど」

「でも力で押し込むなんてちょっと気が引けるな。その、変なトコ触っちゃったら気まずいし」

ラメイルさんとロウさんとエルクさんが話し合っている。変なトコ？

「何言ってんだよ。これは訓練だ、偶然なんだ。滅多にないチャンスじゃないか」

コソコソと何か話している。それをジト目で見ているニアさん。

「今度は本当にダキアさんに言いつけるから」

「ちょっと⁉　訓練だから仕方ないじゃないか！　ラッキースケベ……じゃなかった、近接戦闘も訓練のうちだぜ！」

「知りません！　ミナさんも気をつけてくださいね。男子っていつもこんな事考えているんだから」

ラメイルさんにツンとしながら、ニアさんが私に言う。

訓練なら仕方ないんじゃない？

「まあ、モンスター相手ならそんな遠慮はいらないし、対人戦でも遠慮なんてしていたらこちらがやられる。エルクとロウは心しておいた方が良い」

フェルノーさんが先輩冒険者らしい事を言っている。さすがベテラン冒険者だね。

「だよな。だから今度は密着戦闘の講義をだな」

「やりません！　やるとしても男女別々でやりますから！」

フェルノーさんが言った事にニアさんが顔を真っ赤にして怒っている。

「折角フォローしたのに意味ないじゃないか」

呆れ顔のラメイルさん。こうして賑やかに話しているうちに訓練の時間は終了した。


訓練所からギルドホールに戻ってくると、アリアさんに声をかけられる。

「ギルマスから承認を得ました。指名依頼を受けるんですよね？」

「はい。早速行こうと思います」

「わかりました。ただし条件があります。他の冒険者と一緒に行ってください」

ルーティアさんが出した条件なんだろうけど、この依頼は報酬が少ないから他の冒険者が受けてくれるとは思えない。悩んでいたらエルクさん達が話しかけてきた。

「俺達、午後からフリーだから、一緒に行くよ」

「いいんですか？　報酬は凄く安いですよ」

「大丈夫。スライムコアで稼《かせ》がせてもらったおかげで今は結構余裕あるんだよ」

笑顔のロウさんの横でニアさんも頷いている。

「じゃあ三人が一緒に受けるという事でいいですね？」

「はい！　お願いします！」

こうして五人で依頼を受ける事になった。

「じゃあ装備を整えて門に集合で！」

三人と一旦別れて宿に帰り、お昼ごはんを食べる。お昼から森に行くと伝えると、奥さんが「みんなでお食べよ」とクッキーの入った袋をくれた。

ユキさんと二人でお礼を言いながら、お土産《みやげ》に何か採ってこようと話し合う。

門に行くと三人はすでに到着していた。

「ごめんなさい。待たせちゃいましたか？」

「いや、さっき来たところだよ」

エルクさんが笑顔で答える。

「ニアが早く行こうってうるさいから、昼飯を大急ぎで食べて来たんだよ」

「だってミナさんとユキさんと一緒に仕事が出来るのが楽しみで」

ロウさんとニアさんも笑っていた。

門衛のおじさんに挨拶《あいさつ》をして南の森に出発する。

前衛に私とユキさん。真ん中にニアさんで、後衛にエルクさんとロウさんという隊列。後方からの魔物の襲撃に備えてのフォーメーションだ。これを提案したのはエルクさんで、三人はよくニアさんを真ん中にした縦列隊形で移動しているそう。

三人が一列で歩いている様《さま》を想像したら、ゲームのフィールド移動みたいだなと思って少し笑ってしまった。ゲームだと前から順番に守備力の高い人を並べていくけど、これはゲームじゃないもんね。全方位に警戒をしなくちゃいけない。進む先を警戒しやすいようにレンジャーの私と防御力に優れるユキさんが先頭になっている。

とはいえ緊張感がない。小鳥のさえずりが聞こえてきてさわやかな風が吹いてくる。

木洩《こも》れ日《び》が気持ちよくってピクニックみたいだ。

「穏やかですね。初めて来た時は狼や猪《いのしし》が沢山いたんですよ」

うん。今はユキさんのインベントリに沢山収まっているよね。

「この前来た時は結構いたんですけどね。どこかに行っちゃったのかな？」

ニアさんがキョロキョロと周りを見回しつつ言っている。

笑いながらも索敵《さくてき》は怠《おこた》らない。っと、正面に魔物がいる。まだ距離があるが狼だ。

「正面長距離、フォレストウルフが三体です。まだこちらに気づいていません」

「どうする？　今回の目的は薬草採取だけど」

立ち止まって相談する。エルクさんが聞いてくるけどさて、どうしようか？

「戦ってみようぜ。自分達がどれくらい強くなっているのかを確認するのも大事だ」

ロウさんの提案にニアさんとユキさんが頷く。決まりだね。

他に魔物がいないか注意して前進していく。大丈夫、近くに他の敵はいない。

「私が弓で牽制《けんせい》するね」

「お願いします」

盾を構えつつユキさんが返事をした。

「こっちに向かってきたら引きつけてください。魔法を撃ちます」

「それから前に出るんだな。了解だ」

ニアさんとエルクさんが打ち合わせをしている。よし、それでいこう。

狼達が見えてきた。距離はおよそ二十メートル。よく狙って、発射!

矢は真っすぐ飛んでいってフォレストウルフの眉間に突き刺さった。チャイム音が聞こえる。

一体はそのまま倒れて動かなくなり、二体は逃げる事なくこちらに突っ込んできた。

「《サンダー》!」

ニアさんが唱えた雷撃魔法が向かってくる狼に命中する。しかし、少し怯《ひる》んだものの止まらない。

「私が防ぎます!」

ユキさんが前に出て、二体の狼の体当たりを同時に受け止めて撥《は》ね返した!

ユキさん凄い! ビクともしないよ!

少し離れたところに着地した二体は動きを止めて伏せるような構えをとっている。

「俺達に任せろ!」

今度はロウさんが斬り込む。エルクさんも続いた。二、三回斬りつけると狼は怯《ひる》んで逃げていく。

「逃がしたか」

「どんなもんだ!」

二人は満足げに言っている。

「逃げられちゃいましたね」

「フォレストウルフって結構強いんですよ。動きも速いし賢いから、すぐに逃げちゃうんです」

私が呟くとニアさんが教えてくれた。

「それにしてもミナさん凄いな。一撃で倒しちゃうなんて」

「フォレストウルフは毛皮が買い取り対象なんだよ。俺が剥《は》ぎ取りをするよ」

そう言うとロウさんがナイフを取り出して、毛皮を剥《は》ぎ取り始める。

「血の臭いで他の魔物が集まってくるかもしれません。周囲の警戒を」

ニアさんに言われて索敵《さくてき》を行う。

かなり離れたところに何体かフォレストウルフがいる。群れの仲間なんだろうか。

こちらに気づいているみたいだけど向かってはこない。警戒しているだけだ。みんなにそれを伝えると、「魔物は何を考えているかわからないからよく注意しておいてくれ」とエルクさんに頼まれた。突然襲いかかってくるかもしれないからね。

でも、ロウさんが剥《は》ぎ取りを終えても襲いかかってくる事はなかった。ちなみに肉は食べられないそうなのでこのまま置いていくらしい。

「私、アイテムボックスがありますので毛皮を預かりますね」

「そうなのか！　凄いねミナさんは」

驚きながらも毛皮を渡してくれるロウさん。聞くと、そのまま持ち歩いたら血の臭いで魔物を呼び寄せてしまうかもしれないとのこと。アイテムボックスはこういう時に役に立つんだね。

フォレストウルフ達はいつの間にかいなくなっていた。また出会う可能性もあるから十分に注意しながら進もう。

「あっこれ、食べられる草だよ」

ニアさんが立ち止まって草をちぎっている。稲、というか猫じゃらしみたいな形の草だ。

「おい、よせよ。もうそんなものを食べなくても普通の食事をとれるんだから」

ニアさんは食べようとするけど、ロウさんが止めている。

「美味《おい》しいんですか？」

「殆《ほと》んど味はしないけど、ちょっと甘いかな。口寂しい時によく食べていたから懐かしくって」

ニアさんが笑って答えてくれた。甘いんだね。

「ミナさんにスライムコアの取り方を教えてもらってからは生活が安定したからね。実はそれまでは一日一食しか食べられない時もあったの」

「そうだったんですか。冒険者って大変なんですね」

ユキさんが表情を曇《くも》らせる。大丈夫だよユキさん。そこまで苦しくないからね。

話しつつ奥に進んでいったけど、フォレストウルフには出会わなかった。代わりに見つけたのはフォレストボア、体長四メートルを超えた大物だ。

「アレもやっちゃう？」

「流石《さすが》に大物すぎやしないか？」

ニアさんとエルクさんの意見が違う。さてどうしようか。

「大丈夫ですよ。あれぐらいなら一人でも倒していましたから」

流石《さすが》ユキさん、南の森の魔物は知り尽くしているんだね。

そういうわけでフォレストボアと戦う事になった。今回は弓矢の牽制《けんせい》はなし。ユキさんが囮《おとり》になると言って前に出ていった。向かってくるユキさんに気づいて、フォレストボアは一鳴きすると突進を始める。

「まさかアレを受け止めるつもりかよ？」

突進してくるフォレストボアの正面から動かないユキさんを見て、驚きながら言うロウさん。

「大丈夫です。あれの倍以上のサイズの猪《いのしし》を受け止めたのを見た事があるので」

三人が絶句する。普通はそういう反応だよね。

ユキさんは落ち着いてフォレストボアの動きを見定めているのか、盾を構えたまま動かない。

巨大な猪《いのしし》がユキさんとぶつかる。凄まじい鈍い音に、思わず目を背《そむ》ける三人。

ユキさんは少し後ろに下がったけど、しっかりと受け止めていた。

そのまま首を斜めに捻《ひね》るようにして、ユキさんはフォレストボアを転がす。

「今です！　首元に突き込んでください！」

声をかけられて、慌てて走っていって二人でトドメを刺すエルクさんとロウさん。フォレストボアはそのまま動かなくなった。

「ええと、ユキさんって何で出来ているんでしょう？」

「私達と同じはずですよ。多分」

ニアさんに聞かれたので答えたけど、ちょっと自信がない。

「簡単だったでしょ？」

傷一つ負う事なく笑みを浮かべるユキさん。エルクさんとロウさんは引きつりつつ頷いている。

「わーいお肉だー」

ニアさんは何か現実逃避しているような気がするけど、まあみんな無事だし問題ないよね。

「じゃあ、解体は俺達がやるよ」

「お願いします」

私とユキさんは周囲の警戒をしておく。

フォレストボアは内臓以外は全て買い取りしてもらえるので稼《かせ》ぎがいいらしい。解体を終えインベントリにしまって、更に奥へ進む。

警戒をしながら薬草がないか探していると、鑑定の表示が見えてきた。

「ディペン草ありました！」

みんなに報告してそちらの方に向かう。凄い！　群生してる！

「これ全部ディペン草かよ」

「やりましたね！」

みんなで大喜びして採取に入る。全部採っても良くないので品質の高いものから順番に採っていこう。四人にそれぞれどのディペン草を採取すればいいかを指示していく。

「ミナさんは鑑定も出来るんですか？」

「はい。一応」

「凄いなミナさん、何でも出来るんだな」

聞いてきたニアさんも、傍で呟いたエルクさんも驚いている。何でもじゃないですよ。

「そうだ。宿屋の奥さんからクッキーを貰ったんですよ。みんなで食べてって」

「嬉しいです！　ちょっとお腹が減ってたんですよ」

「だから草なんか食べてたのかよ」

ニアさんって結構食いしん坊キャラだったんだね。

クッキーを食べて休憩をしたあと、みんなで採取をして夕方までに三十株も採取する事が出来た。


「そろそろ帰らないと夕暮れまでに街に着けないな」

「そうですね。戻りましょう」

ロウさんの言う通り、明るい森でも日が暮れたら迷子になっちゃうかもだよね。早く帰ろう。

森から出ようと来た道を戻り始める。帰り道も油断せず、索敵《さくてき》は怠《おこた》らない。

おや？　人がこっちに来ている。

「正面から人が来ます。数は、十？」

「何か多いな。この森にそんなに大人数で来るって誰だろう？」

索敵《さくてき》ではそこまではわからないんだよね。念のため警戒しながら近付いていく。そうして出会ったのは厳《いか》つい男の人の集団。

「よお。また会ったな」

そう言ってきたのは昨日絡んできた気持ちの悪い男の人だった。

「森に何かご用ですか？」

「昨日の事でちょっとな」

つまり、私とユキさんを追ってこんなところまで来たの？

「一般人は森に入るのを禁止されているんじゃないですか？」

「そんな事はないぜ。東門から出て回り込んでくれれば何も言われねえ」

ユキさんが前に出てみんなを庇《かば》うように立って聞くと、男は飄々《ひょうひょう》と答える。

私達が出たのは西門。東門からは森が遠いのだ。まさかそんな簡単な方法で外に出られるの？

「西門はあの堅物親父がいるからな。東門の奴ならちょっと握らせてやれば快《こころよ》く通してくれるぜ」

なるほど、賄賂《わいろ》的な感じね。ユキさんの陰に隠れて三人に昨日の出来事を話しておく。

「それはマズいかもね……」

エルクさんは武器を構えながら言う。

「昨日の事なら謝ったじゃないですか。お金を置いていかなかったから追いかけてきたんですか？」

「そんなはした金に興味はねぇよ。お前に用があって来たんだ」

男達はユキさんを見ていやらしい笑みを浮かべている。

「聞いた通りの上玉だなぁ」

「ちょいと遊んでも高く売れそうだ」

この人達、もしかして人攫《ひとさら》い？　このままじゃエルクさん達を巻き込んじゃう。

「ごめんなさい、三人だけでも逃げてください」

「そんなわけにはいかないよ」

エルクさんが前に出る。

「私達も戦いますよ！」

ニアさんも戦うつもりだ。

「安心しろ。誰も逃がさねぇよ。男は殺して、女はじっくり楽しんでから売り飛ばしてやる」

勝手な事を言っている。そんな真似《まね》は絶対にさせない！

「かかれ！」

男達が一斉に襲いかかってくる。手には長剣。一般人に負けるつもりはないけど、この人達は武器の扱いに慣れていた。ユキさんに四人が斬りかかるが、ユキさんは焦らず盾を使って受ける。私達は複数の相手と戦う訓練も受けていた。ユキさんは次々と襲いかかる男達を上手く捌《さば》いている。

エルクさんとロウさんにはそれぞれ二人ずつ襲いかかっている。私とニアさんには一人ずつだ。

「ニアさん、私の後ろへ」

「はい」

「お嬢ちゃん達、痛い思いをしたくなければ大人しくするんだ」

剣を片手ににじり寄ってくる。私は弓矢で一人の男に射かけた。しかし放つ瞬間に接近され、簡単に避けられてしまう。

「大人しくしろって！」

左手で掴みかかってきた！　咄嗟《とっさ》に弓を手放して肘を取り、関節を極《き》めて投げを打つ。

チャイム音が聞こえて簡単に転ばせる事が出来た。

でも、すぐに放して距離を取る。もう一人が攻撃に来ていたからだ。

「何やってるんだよ、あんなガキ一人に」

「痛《い》ってぇ。あのガキ強《つえ》ぇぞ、気をつけろ」

ミスリルショートソードを抜いて構える。

「《ファイア》！」

男二人に火の玉をぶつけるニアさん。すると二人は怯《ひる》んで後ろに下がる。

「ニアさんありがと！」

体にまとわりつく炎を振り払おうともがいている男に詰め寄って小剣を振るった。身動きを取れなくすればいいんだから、両足を斬りつけよう。

滑り込むように足の間をくぐりながら小剣で両足を切り裂いた。また聞こえるチャイム音。

堪《たま》らず男がその場に転がる。そんなに深くは切っていない。動いたりしなければ死なないと思う。

「てめえ！」

もう一人が長剣で斬り込んでくる。斜め上から袈裟《けさ》懸《が》けに振り下ろされた。

私は小剣を斜めに構えてそれを受け流す。斬撃を真正面から受けたらダメだ。私の力じゃ防ぎきれない。何とか受け流すのに成功したけど、衝撃で手が痺《しび》れる。

まともに受けたらひとたまりもないだろう。これは命の取り合い……怖い。

いや、怯《ひる》んだと悟られちゃダメだ。半歩横に移動してスペースを作ると回し蹴りを放つ。

男は無防備な右わき腹に私の蹴りを受けて「げぇっ」っと空気を吐き出した。チャイム音もクリーンヒットした事を教えてくれている。男が怯《ひる》んだ！　このまま一気に畳みかける！

ショートソードで腕を斬りつけて戦闘不能にすれば！

「つざけんな！」

攻撃に合わせるように左の拳《こぶし》が飛んできた。私も勢いがついていて躱《かわ》せない。

右の頬に拳《こぶし》を受けて視界が歪《ゆが》む。次に感じたのは衝撃と土の臭い。私は後ろに飛ばされて地面に叩きつけられていた。

「ミナさん⁉」

ニアさんの悲痛な叫び声が聞こえてくる。

「調子に乗るなよクソガキが！」

男の声も聞こえてきた。足音が近付いてくる。

立ち上がろうにも頭がクラクラして起き上がれない。手からショートソードがなくなっていた。

どこ？　武器を拾って構えないと……！

グラつく視界に苦しみながら周りを見回す。あった！

「《サンダー》！」

ニアさんが雷撃魔法を放って男を牽制《けんせい》してくれた。男がニアさんに標的を変える。魔法使いの彼女は近接戦闘が苦手だ。一応近接戦闘の手ほどきを受けているけど、早く助けに行かないと！

私はショートソードを拾い上げると、こちらに背を向けている男に走り寄る。

「しつこいガキだな！」

男は振り返りつつ長剣を真横に振り抜いてきた。剣の軌道《きどう》が低い。飛び上がって薙《な》ぎ払いを避け、縦方向に回転しながら踵《かかと》を顔面に向かって打ち下ろす。

ドゴッと鈍い音とチャイム音がして、男がゆっくりとその場に崩れ落ちる。やった！　倒した！

「ニアさん、ナイスフォローです！」

「はい！」

次はエルクさんとロウさんのフォローだ。二人は――男達に倒されていた。

「エルクさん！　ロウさん！」

「うぐっ、ごめん。勝てなかった……逃げるんだ。ニア、ミナさん！」

地面にうつ伏せに倒れたままこちらを見て言うエルクさん。ロウさんは気を失っているみたいだ。

「逃がしゃあしないぜ！」

四人の男達がこちらを取り囲んできた。私とニアさんは背中合わせに立って周りを警戒する。

「ごめんミナさん。私、足手まといになっちゃってますよね」

「そんな事ない！　ニアさんがいなかったらもっと早く負けていたよ」

ニアさんは勝ち目がないと思って諦めかけている。ここで降伏したって私達に未来はない。

チラリとユキさんの方を見る。ユキさんは必死に四人と戦っていた。全方向からの攻撃を受けながらも一人を盾で吹き飛ばして倒す。傷はないもののレギンスが切り裂かれて肌が見えていた。

「ミナさん！　ニアさん！　すぐに助けます!!」

ユキさんがこちらを見て叫ぶ。

「それは無理だぜお嬢ちゃん。もういい加減疲れただろう？　諦めな！」

そう言う男達の方が肩で息をしている。一方ユキさんは息一つ乱していない。

「あなた達こそ無駄な事はやめてください。怪我をするのはそちらですよ」

「言うねぇ。おい、一斉に押さえ込むぞ！」

三人はユキさんを押さえ込むつもりだ。力で押さえつけられたら、ユキさんがマズい！

「よそ見している場合じゃねぇだろ？　武器を捨てて降伏しろよ。痛い思いはしたくないだろう？」

わたしに、ニヤつきながら一人の男が言う。

仮に包囲を突破出来たとしても、ユキさんとエルクさんとロウさんを置いて逃げる事は出来ない。

「やめませんか？　こんな事をしてタダでは済みませんよ。私は《黒鉄《くろがね》の刃《やいば》》や冒険者ギルドのマスター、サブマスターもよく知っています。こうしている間にも帰りが遅い私達を捜しているかもしれませんよ？」

包囲された状態じゃニアさんを守り切れない。やった事はないけど交渉を持ちかける。

「今引けば、誰か知らない人に襲撃を受けたとだけ報告してあなた達の事は言いません」

「はっ！　無駄だ！　お前達をこのまま遠くに攫《さら》っちまえば誰にも気づかれねぇ。男二人はここで殺して狼の餌《えさ》だ」

ダメか……

ユキさんの方は取り押さえられないように男達の手を掻い潜《くぐ》りながら短槍で反撃をしている。

ユキさんは大丈夫。私達が捕まらなければ勝てるかもしれない。

「ニアさん。最後まで諦めないで。ユキさんもまだ諦めていないいし、私だって頑張るよ」

「わかりました。私も諦めません！」

沈んでいたニアさんも気を持ち直した。こんなところで終わってたまるか！

「往生際が悪いお嬢ちゃん達だ。もう勝ち目はない、観念しな」

男達が包囲を縮めてくる。話をしている隙をついて口の中で詠唱をした。

「《イースイクアリィブリアム》！」

真正面にいた男に向かって幻覚魔法を放つ。チャイムが鳴り響き、男がその場に崩れ落ちる。

「なんだ？　何をした⁉」

他の男達が焦り出す。この魔法って知られていないんだ？　そうか、あの子もクランに幻術使いが『私しかいない』って言っていた。大手でも一人しかいないんだ。認知度も低いはず。

「あなた達が悪いんですよ、早く私達を解放しないから。今の魔法は呪術です。早く解かないとその人、死んじゃいますよ？」

一種の賭けだ。努めて冷たく言い放つ。怖いものを見るような目を私に向けてたじろぐ三人。

「ぐっ、ブラフだ……。こいつは幻覚魔法、呪いじゃない」

かけられた本人が知っていた。ダメか。

「この状況でよくそんな駆け引きが出来るもんだ。なかなか見どころがあるが、行き先はもう決まっているからなぁ」

ホッとする男二人。もう一人はニヤニヤと余裕の笑みを浮かべながら近付いてきた。

でも、その一瞬の隙があればもう一回は唱えられる。

「《イースイクアリィブリアム》！」

「何っ⁉　うっぐわぁぁぁっっ‼」

余裕の表情の男に幻覚魔法をぶつけた。キンコンと小気味良い音が頭の中で響く。

「てめぇっ！　なめた真似《まね》しやがって！」

「もう容赦しねえ！　傷物になろうが知った事か！」

激昂《げっこう》した二人の男が斬りかかってくる。

「《ラグフリジット》！」

ブルーティアーズを取り出して魔法を解放する。人に直接当てたら殺してしまうので、男と私達の間の足元に二発、男達に掠《かす》めるようにそれぞれ一発ずつ放つ。

頭に血が上《のぼ》って突撃してくる二人は目の前に現れた氷の飛礫《つぶて》に驚き、身をよじってバランスを崩す。そのまま地面の凍った部分に乗って派手に転倒した。ゴッと鈍い音がして動かなくなる二人。

勝利のファンファーレよろしくチャイム音が頭の中に鳴り響く。

「凄い、本当に勝っちゃった！」

喜ぶニアさん。でもまだ敵は残っている。それにユキさんは無事だろうか？

ユキさんは更に一人をやっつけて二人を相手に互角以上の戦いをしていた。

「ニアさんはエルクさんとロウさんの手当てを！」

ニアさんの返事を待たずにユキさんのもとに走る。私の接近に気づいた男が振り返り迎え撃とうとするけど遅い！　ショートソードで顔に突きを入れるフェイントをかけながら、左手でフレアダガーを抜いて膝の裏側を斬りつけた。クリティカルを告げるチャイム音と共に男がその場に崩れ落ちる。もう一人の男は、私の動きに驚いている間にユキさんが盾で殴り飛ばしてくれた。

「ユキさん、助けに来るのが遅くなってゴメン！　大丈夫？」

「ありがとうございます。平気です」

肩で息をしながら聞く私に息一つ乱さずに答えるユキさん。

「とりあえず何とかなったね」

ふう、と一息。

「ミナさん、頬の怪我……大丈夫ですか？」

ユキさんが恐る恐る頬に触れてくる。

「ちょっと痛いけど平気だよ。それよりこの人達どうしよう？」

倒した十人を見つつユキさんに聞く。

「衛兵に突き出しましょう。私達を襲っただけでも逮捕の理由にはなるはずです」

「そいつは困るぜ」

声がして現れたのは男達。十人以上はいる。私とユキさんが一番近い。ニアさん達はその後ろだ。

「遅いから様子を見にきてみれば情けねぇ、こんなガキどもにやられちまうとはなぁ」

先頭に立っていた頬に傷のある大柄な男がニヤけ顔で辺りを見回している。

「ミナさんだけ先に離脱してください」

男達を睨《にら》んで言うユキさん。そんな事は出来ないよ！

「私も戦うよ！」

「いえ、このまま全員を守って戦うのは無理です。私がニアさんを守りながら戦って時間を稼《かせ》ぎます。ミナさんは街に行って応援を呼んできてください。私達が生き残るにはそれしかありません。ミナさんなら素早いから逃げ切れるはずです」

ユキさんはわかっている。たとえ私が逃げ切る事が出来て救援を連れてこられたとしても、間に合わない。少なくともエルクさん、ロウさん、ニアさんの中から死人が出てしまう。

「ダメだよユキさん。私も戦う。みんなで帰ろう」

「おうおう、仲良しだねぇ。安心しな嬢ちゃん、誰も逃がしはしないぜ？」

男達はじりじりと包囲するように近付いてくる。手には長剣。防具は着けていないけど、やはり武器の扱いに慣れている様子に見える。

「ミナさん、ユキさん、お二人で逃げてください。私達はもう……」

ニアさんは倒れている二人の傍に跪《ひざまず》いたまま言う。

「お二人と一緒に仕事が出来て良かったです」

私達が躊躇《ためら》わないように無理して笑顔まで作って……こんなところでお別れなんてダメだ！

「ダメだよ！　絶対に置いていかないから！　ユキさん、ニアさん達をフォローして！」

フレアダガーを構える。なりふり構っていられない!!

「《クリムゾンフレア》!!」

一日一度だけ放つ事が出来るこの魔法は二十九位階の魔法。威力も範囲もラグフリジットよりも上だ。これを人に向ければ間違いなく死ぬ。それでもみんなを守りたいんだ！

フレアダガーの先から炎が巻き起こり、クリムゾンフレアが発動する！

業火《ごうか》は周りにいる男達を焼き尽くすはずだった。ところが――

フレアダガーを長剣で跳ね上げられ、炎は空に向かって放たれてしまう。一瞬で大男が目の前に詰め寄ってきていた！

「あぶねぇ。こんな切り札を持ってやがるとはな！」

大きな手で首を掴まれて吊し上げられる。息が、出来ない。

「ミナさん！」

ユキさんが駆け寄ってきて大男に盾で体当たりを繰り出そうとするけど、男は私を盾にして牽制《けんせい》する。

「おっと、無駄な抵抗をするなって。早く取り押さえろ、そっちの女もだ。男はさっさと殺せ」

私のせいで攻撃が出来ないユキさんを、回り込んできた男達が取り押さえにかかる。

「放しなさい！　放して！」

抵抗するユキさん。でも三人の男に力ずくで押さえ込まれてしまってはどうする事も出来ない。

うつ伏せに倒されてブーツとグリーブを脱がされそうになっている。

「やめて！　エルク！　ロウ！」

二人を庇《かば》おうとしたニアさんも捕まえられて引き摺《ず》られていく。

抜き身の剣を手にぶら下げて男二人がエルクさんとロウさんに近付いた。

声を出そうにも喉《のど》をつぶされていて何も出来ない。意識が遠のいてきた。

お願い……誰か……助けて……！

その時だった。黒い影が暗闇から飛び出してきて大男にぶつかる。

堪《たま》らず倒れる大男。首を絞め上げていた大きな手が外れて、私も地面に投げ出される。

せき込みながらも夢中で肺いっぱいに空気を吸い込む。ようやく意識がハッキリしてきた。

何？　何が起こったの？

「何だクソ！　放しやがれ！」

そこにいたのはフォレストウルフだった。大男の腕に食らいついて放さない。

森の中から次々と飛び出してくるフォレストウルフ達。その全てが私達を攻撃する事なく、男達に飛びかかっていく。ユキさんを地面に押さえつけていた男達にも、牙を剥《む》いたフォレストウルフが食らいついている。そうだ、エルクさん達は？

エルクさん達にトドメを刺そうとしていた男達も突然の事に驚いて動きを止めていたところ、暗がりから現れた巨大な影に撥《は》ね飛ばされる。現れたのはフォレストボアだった。

森の魔物達がなんで？

「ミナさん大丈夫ですか？」

ユキさんが短槍と丸盾を拾って駆け寄ってくる。

「うん、ユキさんは？」

「私は大丈夫です」

まだ立てないでいた私を助け起こしてくれるユキさん。ニアさんは無事？

ニアさんに覆《おお》いかぶさっていた男は、ニアさんを盾にしてフォレストウルフと対峙していた。

それでもフォレストウルフが唸《うな》り声を上げながら近付いていくと、男はニアさんを突き飛ばして囮《おとり》にしようとするけど、ニアさんをヒョイと避けたフォレストウルフに飛びかかられる。

私とユキさんはニアさんのもとに走る。そして倒れているニアさんを助け起こし、エルクさんとロウさんを捜す。フォレストボアに轢《ひ》かれていなければいいのだけど。

二人はすぐに見つける事が出来た。その側にはフォレストボア。守っているの……？

この間も男達は襲われ続けている。喉《のど》を食いちぎられて絶命する者、複数のフォレストウルフに手足を噛《か》みちぎられている者、フォレストボアに踏みつけられて動かなくなった者。獣達の息遣いと唸《うな》り声、男達の断末魔の叫びが森に響いていた。

何が起こっているのかわからないけど、とにかくエルクさんとロウさんのところに行こう。

私達が駆け寄るとフォレストボアはエルクさん達から離れていく。二人はちゃんと生きていた。

気がつくと男達は全員動かなくなっていた。フォレストウルフもフォレストボアも遺体に食らいついたりはせずに全員がこちらを向いて座っている。

全ての獣がユキさんを見ていた。

一頭のフォレストウルフがユキさんに近付いてくる。手前に来て座るとユキさんをじっと見て、遠吠えを上げ、他のフォレストウルフも真似《まね》をする。

遠吠えが終わると次々と森の暗闇に消えていった。

「何だったんだろう？」

「あのフォレストウルフ、初めて森で遭《あ》った個体かもしれません」

ユキさんは魔物達が消えていった暗闇を見つめて言う。

まさか森の仲間だと思ってくれたとか？　何にしても助かった。

突然風が巻き起こり、空から小柄な影が降りてきた。ルーティアさんだ。

「君達無事か!?」

ルーティアさんは怪我をしている私達と倒れているエルクさんとロウさんを見て、すぐに回復魔法をかけてくれた。

「穏やかなる風の精霊よ、彼女らを癒《いや》す風となれ《ヒールウインド》」

優しい風が吹いてきて、頬の痛みが消えていく。

ルーティアさんは偶然南の空に吹き上がる炎を見て、森に魔物でも現れたのかと思って駆けつけてきたらしい。周囲の惨状を見て何があったかを聞かれたので、男達に襲われたところから全て説明した。

「そうだったか。まさかそんな連中がエリストに入り込んでいるとはな……」

遺体の検分を始めたルーティアさんは事切れた大男を見て驚いている。

「こいつ、盗賊団・暁闇《ぎょうあん》の首領だぞ。名前はベイスン。懸賞金二百万の超大物で、強盗、殺人、誘拐に人身売買、何でもやるどうしようもない悪党だ。一人でBランク冒険者六人を再起不能にした実力者なんだが、よく無事だったな」

「そんな大物が……」

ニアさんは引き裂かれた服の胸元を押さえながら呟いている。そのニアさんへルーティアさんがマントを外してかけてあげた。

「森の魔物達に助けられたんです。そんな事ってあるのですか？」

ユキさんがルーティアさんに聞いている。ルーティアさんは少し考えた後に教えてくれた。

「さっき空から見えたけど、ユキに敬意を表している様子に見えたよ。主君に傅《かしず》く配下のようにも。野生の魔物が人に付き従うなんて聞いた事はないが、間違いなく君達の味方だったんだろう？」

「はい」

ユキさんは再び暗闇の方を見つめる。あんな風にピンチを助けられちゃったらもう狩れないね。

「とにかく無事で良かった。二人の意識が回復したら一緒に街に戻ろう」

ルーティアさんが一緒にいてくれるならこれほど心強い事はない。ほどなくしてエルクさんとロウさんは目を覚まし、全員無事にエリストに帰る事が出来た。

ギルドに帰ると薬草の納入をして、報酬を受け取る。アリアさんに森で襲われた話をしていたら聞きつけた冒険者のみんなが集まってきて大騒ぎになった。

「暁闇《ぎょうあん》って、血みどろベイスンの盗賊団だろ？　よく無事だったたな」

「詳しく聞かせてくれよ。どうやって逃げ切ったんだ？　ギルマスが来てくれたからか？」

よく見かけるお兄さん達に詰め寄られて困っていたら、ルーティアさんが遮《さえぎ》ってくれた。

「お前らに話せるのは二つだけだ。ベイスンは死んだ。賞金はこのルーキー達のもの。それだけだ」

その言葉に、更に大騒ぎになる。

「うるさいねぇ。これ以上この事を聞こうとする奴は私の権限でギルドから叩き出すよ！　詳しい事は調査中だ。暁闇《ぎょうあん》を完全に潰せるチャンスだからね。しばらくは口外禁止だ。わかったな？」

腰に手を当てながら大きな声で言うルーティアさん。それを聞いて全員が沈黙する。

「さて、今日は疲れたろう。もう宿に帰って休みな。後の事は私がやっておくから」

ルーティアさんは私達の方を向いて、ニコリと笑った。

「ありがとうございます」

「賞金については明日手続きをしよう。さあ、早く帰りな。寄り道するんじゃないよ？」

そうしてルーティアさんは私達を送り出してくれた。

「今日はありがとう。助かったよ」

「ミナさんとユキさんがいなかったら間違いなく死んでいたよ。……自分が情けねぇ」

「違うんです。私達があの人達を呼び寄せてしまったから。危険な目に遭《あ》わせてごめんなさい」

エルクさんとロウさんの言葉に私は申し訳なくなり、三人に謝った。ユキさんも一緒に頭を下げている。

「私達は足手まといじゃなかったですか？」

ニアさんがしょんぼりした顔で聞く。

「そんな事ありませんよ！　二人だったらあっという間に捕まっていたはずです。助けられたのは私達の方です。本当にごめんなさい。ありがとうございました」

「それなら良かったです。お二人のピンチを助けられて。ね？　エルク、ロウ」

「ああ！　もちろんだ！　これからも一緒に仕事が出来ると良いと思っているよ」

「俺もだよ！」

三人はあんな大変な目に遭《あ》ったのに私達を許してくれた。ユキさんともう一度お礼を言って別れて宿に戻る。帰り道は無言だった。

宿に戻っていつもと同じように晩御飯をいただいて自室に戻る。装備を外して洗浄《クリーン》をかけて自分のベッドに腰かけ、しばらくの沈黙の後、ユキさんと話をした。

「たった半日の仕事だったけど、大冒険だったね」

「はい。みんな無事で良かったです」

ユキさんの瞳が潤《うる》んでいる気がする。きっと私もだ。

「帰ってきてごはんを食べて、ようやく日常に戻ってこられたって実感したよ」

「はい。私は部屋に帰ってきて装備を外したら力が抜けちゃいました」

視界がぼやける。安心したら涙が出てきた。ユキさんが優しく抱きしめてくれる。

「怖かったよ～」

「はい。私もです。良かった、無事で……」

互いの温《ぬく》もりを感じながらしばらく二人で泣いていた。

帰ってこられて本当に良かった。あの人達に捕まっていたらどうなっていたか、考えたくもない。

その日の晩は、ユキさんと一緒のベッドで眠った。


次の日、いつもと同じように朝食を頂いてギルドに向かい訓練をする。エルクさん達も一緒だ。ギルドでもみんなが普段通りに接してくれて安心した。午前の訓練が終わって五人でギルドマスターの部屋に向かう。

「やあ、昨日は大変だったね。早速昨日の話をしよう」

部屋にはルーティアさんとアリアさんが待っていた。

私達にソファに座るように促《うなが》してからルーティアさんが話を始める。

「まず昨日納入してくれた薬草は無事に孤児院に引き渡したよ。シスタークレリアが感謝していた。安い報酬なのによくやってくれたね。偉いよ」

依頼の達成について労《ねぎら》ってくれた。

そして帰り道で襲ってきた男達の話。彼らは全員暁闇《ぎょうあん》のメンバーだったらしい。暁闇《ぎょうあん》のメンバーは左胸の上あたりに団員の証《あかし》である刺青《いれずみ》をしているそう。ベイスン以外には個別の賞金が出るわけではないけど、団の構成員一人につき十万レクスも報奨金が出るとか。

「ベイスンの賞金が二百万レクス、構成員が十九人で百九十万レクス。合計で三百九十万レクスが皆さんに支払われます」

アリアさんがお金の詰まった大きな袋を持ってくる。

「五等分なら一人七十八万レクスですね」

「ちょ、ちょっと待った！　俺達は受け取れないよ」

手早く計算して告げると、エルクさんから待ったがかけられた。

「俺達は特に何もしていないからな。早々に倒されて転がされていただけだし」

「私なんて終始ミナさんに庇《かば》われていただけですし」

ロウさんとニアさんもエルクさんに続く。

「いえ、五等分です。仲間じゃないですか。受け取ってもらえないと、気まずくてこれから一緒にお仕事出来ないですよ」

渋る三人にちょっと意地悪を言ってみる。

「そこまで言うなら、受け取らせてもらうよ」

少し沈黙があってからエルクさんが答えてくれた。無理やり受け取らせちゃったけど、これからも対等に仕事がしたいからね。ユキさんも満足そうだ。お金はこの場で分けた。

「暁闇《ぎょうあん》についてはほぼ壊滅状態のはずだが、残党がいないかしばらく調査する。本来は君達のようなルーキーが関わるべき連中ではないから、これ以上君達に暁闇《ぎょうあん》関連の依頼は振らないからね。後はベテラン達に任せて、普段通りの仕事に戻る事。いいね？」

ルーティアさんに言われて全員が大きく頷いた。ルーティアさんも満足げに頷く。

「少しの間、休養を取りなよ？　あんな危ない目に遭《あ》ったんだからしばらく休んでも文句は言わない」

その言葉を聞き、マスターの部屋を後にする。

エルクさん達とは日を改めて一緒にごはんでも食べようという話をして、今日は解散する事に。

私とユキさんは孤児院に行きたい気持ちを抑えて、大通りを散歩しながら宿屋に戻る。

宿に着くと、近くに豪華な馬車が停まっていた。

まさかあの意地悪貴族が来ているのかと思って警戒していたら、背筋のピンと伸びた白髪《しらが》の紳士が馬車の陰から現れた。

「こんばんは。ミナ様にユキ様でございますね？　私はベンター辺境伯家の執事でグレイと申します」

「はい。初めまして」

「アルフレッド・ベンター辺境伯が、お二人を夕食にご招待したいと申されまして、お迎えに来た次第でございます」

いきなりすぎない？　でも辺境伯ってこの街で一番偉い人だよね。断ったらマズい気がする。

ユキさんは急な招待を訝《いぶか》しんでいるみたいだ。

「辺境伯は先日の巨大スライム討伐《とうばつ》の件と、最近のキングフォレストボア討伐《とうばつ》の件でお二人を労《ねぎら》いたいとの事です」

領主様は私達に興味を持ってしまったみたい。ここは穏便にお断りをしよう。

「わかりました。しかし私達は招待をお受けする事が出来ません」

「理由をお伺いしてもよろしいですか？」

表情一つ変えずに聞いてくるグレイさん。

「恥ずかしい話ですけど、着ていく服もありませんし、田舎《いなか》育ちなので作法もわからないのです」

「服についてはこちらでご用意いたします。作法も気になさる必要はありません。辺境伯は寛大なお方にございます」

これは断れない感じだ。

「わかりました。宿屋に装備を置いてきます。あと夕飯を断ってこないと」

「こちらでお待ちしております」

私とユキさんは宿屋に戻り装備をインベントリに入れると、おじさんに招待を受けた事を話して夕食を断った。それからギルドへ言付けをお願いする。

宿を出る前になるべく身奇麗にしておこうと洗浄《クリーン》をかけておく。

そうして馬車に乗せられて辺境伯の屋敷へ。

御者《ぎょしゃ》は執事のグレイさん。私とユキさんの二人は馬車の中。柔らかいクッションが敷き詰められていて座り心地は良く、大通りの石畳《いしだたみ》を軽快に進む馬車は殆《ほとん》ど揺れない。

「馬車って、初めて乗りました」

「もっと揺れるかと思っていたけど、乗り心地いいね」

そんな話をするが、ロジャーさんの話を聞いているので、これから先の事を考えると気が重い。

流れていく景色をユキさんと眺めていると、屋敷が見えてきた。屋敷と言うよりは城に近い、とても大きな建物だった。馬車は門をくぐり屋敷の目の前で止まる。

「到着しました。ご案内いたします」

扉を開けてグレイさんが案内してくれる。屋敷の中は絨毯《じゅうたん》が敷かれていて、壁や階段の手すりなんかは黒い木目調で統一され、天井は白。いろんなところにシャンデリアが吊ってあり屋敷内を明るく照らしている。

「夕食会にはまだ時間がございます。ドレスをお選びいただく前にご入浴はいかがでしょうか？」

「お風呂があるんですか？」

「はい。辺境伯は御湯殿《おゆどの》が大変お好きでして、王都から職人を呼び寄せて作られたのでございます」

「そんな凄いお風呂を使わせてもらっちゃっていいのでしょうか？」

「構いませんとも。お客様にはぜひともご利用して頂きたいと申されておりました」

「どうしよう？」

「お風呂、入りたいです」

ユキさんもお風呂に入りたいんだね。

「じゃあ、お願いします」

「かしこまりました。それでは案内をメイドに代わります」

控えていたメイドさん二人が案内してくれるそう。メイドさんは脱衣所からお風呂の中での介添までするとの事だったので丁重にお断りをしておいた。だって恥ずかしいじゃん。

お風呂はとても広くて、大きな浴槽の真ん中には何故か噴水まであった。他にも女性の像が抱えた壺からお湯が出ていたり、鳥っぽい像の口からお湯が噴き出していたりとなんか色々凄い。

浴槽には香りのいいハーブが入れられていて、ゆっくり足を伸ばして浸《つ》かったらとってもリラックス出来た。やっぱりお風呂はいいなぁ。スライムバスタブ、本気で作ってみようかな。

お風呂から出ると、メイドさん達が私とユキさん用のドレスを何着も用意して待っていた。

サイズとか大丈夫なのかな？　試着してみたらどれも何故かピッタリ。何故なんだろう？

何回も着せ替えられて、私はヒラヒラフリフリした桜色のロングドレスを、ユキさんはレースをあしらった大人っぽいスミレ色のドレスで決まった。

ユキさんは何を着てもよく似合う。私ももう少し成長すれば人並みに似合うようになる、はず！

「ミナさん、とっても可愛いです」

「ありがと。ユキさんも大人っぽくて素敵ですよ」

えへへ、と二人で照れ笑い。

「失礼いたします。ミナ様、ユキ様、食事のご用意が出来ました」

扉の向こうからグレイさんの声が聞こえる。

メイドさんが返事をして、私達は案内をされるままについていく。

ヒールの高い靴を久し振りに履《は》いたから歩きにくい。ユキさんよく平気だなぁ。

両開きの大きな扉の部屋に着き、中に入ると恰幅《かっぷく》の良いおじさんが座って待っていた。

この人がベンター辺境伯。風格がある一方で、優しそうにも見える。私達を見るとニコリと笑った。人の良さそうなおじさんに見えるけど……

「旦那様、ミナ様とユキ様をお連れしました」

「初めまして、冒険者のミナといいます。この度はお招きいただきありがとうございます」

「ユキです。お招きありがとうございます」

「アルフレッド・ベンターだ。街の危機をよくぞ救ってくれた。礼を言う」

立ち上がって歓迎してくれる辺境伯。

「いえ、成り行きでしたので」

言葉遣いが難しい。服装といい言葉遣いといい、慣れない事ばかりで緊張する。

「今日は楽しく食事をしてもらえればと思っている。作法など気にしなくて良い。普段通りにしてくれ」

「ありがとうございます」

作法とかわからないもんね。食事の前に乾杯するみたい。

私達はお酒は飲んだ事がないのでジュースにしてもらった。

辺境伯が音頭《おんど》をとって乾杯。オレンジジュースかと思ったけど、ちょっと変わった味がする。

ユキさんも顔を顰《しか》めていた。甘い飲み物の方が好みだよね。

食事はオードブルから始まるコースのような形式だ。ナイフとフォークは替えなくて良いみたい。

辺境伯は気さくな人で、私達の緊張をほぐすためか色々な話をしたり、冒険者の仕事について聞いてきたりしてくれた。

初めは受け答えするのにしどろもどろだったけど、段々と普通に話せるようになってきた。

お風呂に入ったせいなのか、体がポカポカしてきて気持ちが良い。何だか頭もぼーっとしてきた。のぼせちゃったかな？

「ミナさん、大丈夫？」

「んー？　だいじょーぶだよ～」

「気分が悪……少し……んで……か……？」

ユキさんと辺境伯が何か言っているけど、よくわからなくなってきた。

頭がクラクラ、というかふわふわする。ユキさんが辺境伯と何か話をしているのも聞き取れない。

ユキさんが私を支えてくれる。温かい。いい匂い。力も入らない。思わず体を預けてしまう。ユキさん何か焦っているような？　近くで見るとやっぱりユキさんって凄く美人さんだ。

［緊急事態のため、独断でリンクいたします。個体名ミナの状態は毒、又は催淫《さいいん》状態です］

ふえ？　ヘルプさんの声はしっかり聞こえる。毒って言ったの？　何で毒？

［食前に飲んだジュースに薬物が混入されていたものと推測します］

飲まされちゃったんだね。こんなあからさまに仕掛けてくるなんて、ユキさんは大丈夫？

［ユキはギフトの効果で状態異常にはかからないので、毒、催淫《さいいん》状態にはなっていません。辺境伯は二人に危害を加えようとしています。至急この館からの退避を推奨します］

ヘルプさんの声はユキさんにも聞こえているんだよね？　ユキさんは私をギュッと抱きしめると

鋭い目つきで辺境伯を睨《にら》みつける。頭の中で鐘の音が聞こえて意識がはっきりしてきた。幻覚魔法を受けた時や魅了された時と同じで回復出来たらしい。辺境伯が何かしようとしているのは明らかだ。早くここから逃げた方がいい。

「ミナさんの体調も悪いみたいなので帰らせて頂きたいのですけど」

「そうかね。まあ、待ちたまえ」

辺境伯が手を叩くと、グレイさんと一緒に武装した男が五人入ってくる。

「何のつもりですか?」

私を抱いたまま席から立ち上がり、男達から距離をとるユキさん。もう大丈夫、自分で立てるよ。そう言おうとした時、辺境伯から信じられない言葉が聞こえてきた。

「用があるのはミナだけだ。ユキは好きにしろ」

「へへへ、ありがてぇ」

「姉ちゃん、大人しくしてりゃあ可愛がってやるぜ」

下卑《げび》た笑みを浮かべて近づいてくる男達。

「ミナさんをどうするつもりですか?」

ユキさんが厳しい口調で言う。何だかまたボーっとしてきた。何でだろう? 力が入らない。

「私はね、優秀な能力を持った者を一族に加えて血の価値を高めたいのだよ。ミナはギフトを二つも持っている。私と子を生《な》してギフトを継がせるのだ」

「最低」

ユキさんが私の思った事を言ってくれた。本当に酷い。人を何だと思っているの？

「ははは。どう思おうと勝手だが、君達平民は私には逆らえない。ミナはまだ若すぎるが、子供を作る事は可能だろう。今のうちから私が仕込んでやる」

体が熱っぽい。子供を作る？　私が子供を産むの？　辺境伯のお嫁さんになれって事？　この歳でママはちょっと嫌だなぁ。

「さあ、そのお嬢さんを放して俺達と遊ぼうぜ？」

男達がにじり寄ってきた。

「チャージならばどこの壁でも破る事が可能。ただしミナは戦闘不能です。守りながらの逃走になります。妨害があった場合、捕縛される可能性があるでしょう」

ユキさんがヘルプさんと何か話している。

私を抱えたまま壁に向かって体当たりをするユキさん。轟音《ごうおん》と共に壁が吹き飛んだ。

「な、なんだ⁉」

「魔法か⁉」

「凄まじい威力だ。気をつけろ！」

隣の部屋に逃《のが》れて、更に入り口側とは逆の壁へと体当たりをする。壁一面が吹き飛んで少し天井が崩れる。それが頭に落ちてくる前に中庭に出る事が出来た。

メイドさんとか使用人の人達が集まってくる。衛兵の人達も慌てて駆けつけてきた。

「辺境伯は無事か⁉」

「この者達を取り押さえろ！」

人がいっぱい集まってきたよ？　何で追いかけられているの？

衛兵の人が槍を突き出し、ユキさんが私を庇《かば》って攻撃を受ける。何をするの？　やめて！

「ゆきさんをいじめちゃだめー!!」

叫ぶだけで何も出来ない。力が入らないし、視界がグルグル回って何が何だかわからない。

なおもユキさんは私を庇《かば》って攻撃を受けている。インベントリに入れてあった盾を取り出して攻撃を防いでいるけど防戦一方だ。槍の穂先《ほさき》じゃない方で突かれたり、柄《え》の部分で打ち据えられたり。

何でこんな酷い事をするの？

再度、頭の中でチャイム音が鳴り響いて意識がハッキリしてくる。そうだ！　私達はここから逃げるんだ。

「ユキさん、大丈夫？」

「ミナさん、意識が戻ったのですか？」

「ミナは幸運を使って大抵のものにはレジスト出来ます。体内に薬物が残留していると再び影響を受けてしまいます」

つまり私が正気を保っていられるのは少しの時間だけって事？　とにかく包囲から逃げないと。

「魔法を使うよ。当てないように牽制《けんせい》するから、何とかここから逃げよう！」

「わかりました！」

急いで第二十五位階魔法《ラグフリジット》を詠唱するけど、意識が薄れ始める。お願い、間に合って！

「《ラグフリジット》！」

魔法が完成して、四つの冷気の弾を人のいない方へ無造作に放つ。

一つは近くの植木に命中し、植木を粉々に吹き飛ばして周りの地面を凍らせる。また一つは屋敷の壁に命中して壁を崩落させた。それ以外の二つは近くの地面に命中して、辺り一帯を凍らせる。

「何だ今の威力は⁉」

「全員距離を取れ！」

魔法に恐れ慄《おのの》く衛兵と男達。

また体に力が入らなくなってきた。精神力を使った反動か、意識も遠くなってくる。

ダメ……こんなところで気を失ったら……ユキさんに迷惑がかかっちゃう……

［ミナ、目を覚ましてください］

だれ？

［ユキはまだ戦っています。ミナを守るために］

ヘルプさん？

［このままでは危険です。目を覚ましてください］

キンコンと小気味良い音が聞こえて意識が戻ってきた。腕に痛みが走る。目を開けると、私は誰かに腕を掴まれて引き摺《ず》られていた。

「手間をかけせやがって。さっさと辺境伯のところにこのガキを連れていくぞ」

湿気を帯びた空気が喉《のど》を伝い不快な気分になる。ここは、お風呂場？　壁に穴が開いていた。さっき魔法で壊した壁の向こうはお風呂場だったらしい。私が気を失っている間にユキさんはこっちに逃げたんだろう。

「ミナさん！　放して!!」

ユキさんは私から十メートルほど離れたところで男達数人に取り押さえられている。盾を奪われ羽《は》交《が》い締《じ》めにされていた。ドレスはところどころ切り裂かれて穴が空《あ》いている。ユキさん自身に怪我はないみたい。

「おい、俺が戻るまで始めるなよ？」

「ミナさん！」

「姉ちゃん、自分の心配をしろよ。これからどうなるかわかっているのか？」

早くユキさんを助けないと！　口の中で小さく呪文を唱える。

「あ？　目が覚めたのかよ？　じゃあ自分で歩けよな」

「《イースイクアリィブリアム》！　ユキさん！　すぐ助けるから！」

「何!?　う、ぐあぁぁぁっ!!」

私の腕を掴んでいた男はその場に崩れ落ちた。私はすぐに立ち上がりユキさんの方へ。靴は片方脱げていた。もう片方も脱ぎ捨てる。

「おいおい、何をやってやがる！」

ユキさんを捕まえていた男の一人がこっちに向かってきたので、インベントリからショートソードを取り出して構えた。男は剣を抜かずにニヤニヤしながら近付いてくる。

「お嬢ちゃん、怪我をするだけだぜ？　それともお仕置きが必要か？」

辺境伯に雇われるくらいだから腕に自信があるんだろう。駆け出しの私で勝てるかどうか――どう動くか考えていたら一瞬で間合いを詰められて、あっという間にショートソードを持っていた右手を掴まれてしまった。速すぎる！　それに凄い力だ。

思わずショートソードを取り落としてしまう。何とか手を振りほどこうとするけど、床が濡れていて滑った。バランスを崩してそのまま転ぶ。直後に頭の中で鳴り響くチャイム音。

「お、ごっっ!?」

変な声を上げて、男が私に覆《おお》いかぶさるように崩れ落ちてくる。腰の痛みも忘れ、慌てて身をよじって男の顔を避けると、そのまま床に頭をぶつけて動かなくなった。何が起きたの？

よく見ると、私の右足が男の股間にめり込んでいた。

「何やってんだよ！」

半笑いでもう一人が私の方へ近付いてくる。早く起き上がらないと！

這《は》いずるみたいにして倒れた男から足を引き抜く。立ち上がろうとした時に、もう一人に左足首を掴まれてしまった。そのまま勢い良く引っ張り上げられる。

「悪い子だ！　ちょっと痛い目に遭《あ》わせないといけないなぁっ！」

「嫌っ！　放して！」

片手でスカートを押さえながらジタバタと暴れるも、軽々と持ち上げられた。

「へへ。なかなかいい眺めだ」

逆さまになった状態でインベントリから何でもいいから出して投げつける。投げたそれは男の足にべたりと絡みついた。夢中で取り出したのは、スライムゲルだ。

「なんだ？　スライム⁉」

「《加熱《ヒーティング》》！」

男の足に絡みついたスライムゲルが温まり硬くなっていく。驚いた男は私を放した。

「このっ！　小娘が！」

加熱され硬くなったスライムゲルは床にくっついているらしく、身動き出来ないようだ。

「ガキ一人に何やってるんだよ！」

「いい加減、放してください！」

ユキさんは私の方に注意が向いて油断した男の股間を蹴り上げ、羽交《はが》い締《じ》めにしている男をそのまま壁に押しつける。凄まじい音がして壁が崩れた。ユキさんを羽交《はが》い締《じ》めにしていた男は気絶したようだ。

「さあ、今のうちに脱出を！」

「うん！」

ユキさんに駆け寄ろうとしたけど、再び眩暈《めまい》が起こる。ペタリとその場で転んでしまった。

「ミナさん！」

私を抱き起こしてお風呂場から脱衣所に抜けて屋敷の中を走るユキさん。

使用人達を躱《かわ》して何とかエントランスまで逃げてくる事が出来た。

そこで待ち受けていたのは辺境伯と沢山の衛兵達。

「彼らから逃《のが》れてくるとは大したものだ。しかしお遊びはお終《しま》いだよ。観念したまえ」

使用人達も集まってくる。完全に包囲された。

「暁闇《ぎょうあん》の連中もこんなに素晴らしい娘が街にいるというのに売りにこないとは、奴らの情報網も大した事がないのだな」

今、暁闇《ぎょうあん》って……？　辺境伯はあの盗賊団とも取引をしていたの？

途切れそうな意識をどうにか繋ぎ止めながら辺境伯を睨《にら》む。こんな人が、こんな人が領主なの？

「私達は帰りたいだけです！　それを無理やり薬まで使って、勝手な事ばかり言って！　それが大人のする事ですか!!」

ユキさんが叫ぶようにして訴える。

それを聞いて目を伏せる人、唇を噛《か》んでいる人、目を細め私達を睨《にら》む人、反応は様々だ。

「屋敷を壊したのは謝ります。でも、こうでもしないと私達は無事では済まなかったんです」

体が熱い。ユキさんに抱きかかえられているだけなのに呼吸が荒くなって鼓動が速くなっている。

この症状、ちゃんと治るのかな？　それよりも、せめてユキさんだけでも――

「ごめんなさい……もう抵抗しません。だからユキさんを帰してあげてください」

「ミナさん、何を言っているのですか!?　ダメです！」

「ごめんねユキさん。私のせいでこんな事になってしまって。もう、いいよ」

「ダメです！　一緒に帰るんです！」

悔しいけどもう意識が保てない。だからせめて、ユキさんだけでも。

「行きなさい」

その時、年配の衛兵の人が私達に声をかけ、辺境伯が声を荒らげた。

「貴様、私の命に背く気か？」

「我らは辺境伯をお守りするためにいます。危険な者をここに留めておく事は出来ません。それに彼女らは自分の身を守るために事を起こしたと言っているのですから、ここに留めおく理由はない」

「私が必要だと言っているのだ。早く娘達を取り押さえろ」

「我らは衛兵。任務は辺境伯をお守りする事のみ。さあ、早く行きなさい」

「ありがとうございます！」

人集《ひとだか》りが割れて道が出来、ユキさんは私を抱えたまま走る。走り難かったのだろう、靴を脱ぎ捨てて門に向かって加速する。門の前にはメイドさんが大きめの袋を持って立っていた。

「あの！　お二人のお召し物です。申し訳ありません」

「いえ、服、ありがとうございます」

手短に受け答えをして、またユキさんは街の方へ走り出す。

私が覚えているのはここまでだった。

——すっと意識がハッキリする。見上げた天井は、見慣れた宿屋のものだ。

あれ？　私は何をしていたんだっけ？

確か辺境伯の屋敷でお風呂を借りてごはんを食べて、飲み物に薬が入っていて……？

「ミナさん？」

ユキさんの声。下から？　私はなぜかユキさんに跨《また》がっていた。ええっ⁉　何この状況！

ユキさんは下着姿で目に涙を浮かべながら私を見ている。私もドレスを着ていない。

「正気に戻って良かったぁ」

泣き出すユキさん。ユキさんから下りてあたふたする私。

［状態は正常に戻りました。経緯を説明します］

ヘルプさんが淡々と説明してくれる。

ユキさんが薬にやられた私をここまで運んでくれた事。薬が抜けるまでユキさんが側にいようとしたけど、私が暑いからとドレスを脱いだり、ユキさんのドレスを脱がせたりした事。

もうやめてください。恥ずかしくて死んでしまいます。

「ミナ！　ユキ！　無事か⁉」

勢い良く扉を開けて入ってきたのはルーティアさん。後ろにはギルド職員のナターシャさんとアリアさんが立っていた。三人ともフル装備だ。

「何をやっていたんだ？」

「き、着替えを」

「そうかい。早く着替えてしまいな」

「は、はい」

いつもの服を袋から出して着替える。

落ち着いたところで何があったのかを説明する事に。とは言ってもルーティアさん達はすでに辺境伯の屋敷に行ってきた後らしく、情報の整合性を取るための確認のようなものだった。殆《ほとん》どユキさんが説明してくれる。

「それで二人は変な事はされてないんですね？」

「はい。ユキさんが助けてくれたので何ともないです」

「私も大丈夫です」

アリアさんが確認する。彼女は回復術を得意としているので念のため連れてこられたらしい。

「まさかここまでするとは思っていなかった」

ルーティアさんは怒りを露《あら》わに呟く。

「まあとりあえず当分は何もしてこないでしょう。あそこまでやれば」

ナターシャさんが苦笑しながら言う。

「マスター、やりすぎですよ。館の四方に大精霊を配置してくるなんて」

ルーティアさんは、『当ギルドのメンバーが問題を起こしたなら、これ以上被害を出さないためにも私からも防衛戦力を置いていかせてもらう。何かおかしな事があれば全力で攻撃するように精霊達には言っておく』などと言い残し、火、風、土、雷の大精霊を置いてきたらしい。

表向きには防衛している様子に見えるけど、館の人達は戦々恐々していたそうだ。今頃どうしているだろうか。

「辺境伯については私とミルドで対応しよう。君達はいいと言うまで宿から出ない事」

「わかりました」

「はい」

「ミルドは今隣国へと応援要請に出ている。戻り次第、事に当たる」

「応援要請ですか？」

「最近森のゴブリンが活性化しているんだ。群れの規模も爆発的に大きくなっている。ダキア達を調査に向かわせているが、すでにリーダーが率《ひき》いる群れを二十は潰しているそうだ」

私が森で知り合ったゴブリンさん達、逃げてくれているかな？

「エリストだけで対応は難しいという事ですか？」

「ああ、勿論王都にも連絡済みだ。だが今回は場所が悪い」

エリストから北側、大森林の先には大きな山があり、その先は他の国になる。どうやらゴブリンの巣はその山の中にあるらしく、討伐《とうばつ》には隣国との連携《れんけい》が必要になる。

とはいえ隣国の都市は近くになく、対応も消極的になるだろうとルーティアさんは言っていた。そこで越境討伐《とうばつ》の許可を取りに行っているのだそうだ。

「私の推測ではロードが生まれている。ロードを擁《よう》するゴブリンは厄介《やっかい》だ。過去に国が滅ぼされた事もある」

「そんなにですか」

「やつらの厄介《やっかい》なところは環境適応能力と繁殖力だ。どんな土地でも生きていけるし、つがいがいればあっという間に増える。まあ、つがいがいなくても増えるのだが」

つがいでなくても増える？　雌雄《しゆう》同体的な？　まさか細胞分裂？

「ゴブリンに捕らえられたら悲惨だぞ。勝てる見込みがなければ全力で逃げるんだ。いいな？」

「はい」

「わかりました」

あのゴブリンさん達は人を襲わないって言っていたけど、他の部族は違うんだろうな。捕まったらきっと酷い目に遭《あ》わされる。気をつけないと。

「これからゴブリンの討伐《とうばつ》依頼が増える。二人では絶対に受けるなよ。最低でも四人、いや五人のパーティを組んでもらう」

「受付でも依頼の受領の時に確認しますね」

「二人は受けない方がいいかもですね。みんなが心配しますし」

アリアさん、私、そんなに弱そうに見えますか？　……見えますよね。みんなの目の前で攫《さら》われているし。私はともかくユキさんは大丈夫そう。って事は、私は相当なお荷物だと思われているって事？

「何だかズレた事を考えている気がするが、そんな事より今は辺境伯の件だ。ともかくしばらくは宿屋から出ないように」

そう言ったルーティアさん達は私達の無事を確認して安心したみたいで、三人とも帰っていった。

「ユキさん、いっぱい迷惑かけちゃったね。ごめんなさい」

「いえ、元に戻って良かったです。あのまま戻らなかったらどうしようかと思いました」

「本当にごめんね。もう大丈夫だから」

正気に戻る前の私が何をしようとしていたのかはこの際考えないようにしよう。


次の日はルーティアさんに言われた通り、宿屋から出ないようにしていた。

あまりに暇だったので、奥さんに申し出て宿屋のお手伝いをする事にする。

部屋の掃除は一応確認を取って洗浄《クリーン》を使いながら二人で手分けして行う。お昼はエプロンをして給仕のお手伝い。

「アルバイト始めたの？」

「しばらくギルドの仕事が出来ないのでお手伝いをしています」

「へえ〜。若い女の子が給仕だと華やぐねぇ」

そんな事を言っているのは常連の女性冒険者さん。

「元気があっていいね！」

「ちょっとたどたどしいところがまたいい！」

「クールな美人が給仕してくれる！」

男の人達にも概《おおむ》ね好評だった。ユキさんはクールと言うか、緊張しているだけなんだけどね。

午後は夕食の仕込みを手伝う事に。ダンジョンアタックの時の食事の準備が凄く役に立った。

「なかなかやるじゃないか」

おじさんからも好評だ。

夕方になりお店が開くと、一気にお客さんが入ってくる。いつもこんなに多かったっけ？

「今日は随分客入りが多い。ミナは厨房《ちゅうぼう》を手伝ってくれ」

「はい！」

奥さんとユキさんで給仕をする。

妙に男のお客さんが多い。下の喧騒《けんそう》を聞きつけた宿泊の女性達は部屋で食事をする事にしたみたい。それぞれ部屋に食事を運ぶ。

「ありがとうね。しかしもう聞きつけて来るなんて、これだから男どもは」

「何かしてきたら蹴飛ばしていいからね？」

「あはは。大丈夫ですよ！」

みんな優しい人ばかりだし、何も起こらないと思う。

下に降りると会いたくない人が待っていた。

「やあ、久し振りだね。元気にしていたかい？」

以前、キノコの事でトラブルを起こした貴族の人だ。

「ええと、何のご用でしょうか？」

「ははは、つれないじゃないか。この間の事は謝罪しよう。それからピエリ茸をありがとう。礼金を渡しにきたのだよ」

「いえ、いりません。ここの皆さんに迷惑がかかるのでもう来ないでください」

「わかっている。ここにはもう来ないよ。その代わり他所《よそ》で会ってもらえるかな？」

「それも困ります」

チラリとバングルを確認。緑：好意的……？

本気で言っているって事？　するとユキさんが見兼ねて私を庇《かば》うように立ってくれる。

「おや、また美しい女性だ」

「ミナさんが困っていますからお引き取りください」

「わかったよ。今日のところは帰るとしよう」

素直に帰ってくれるみたい。良かった。

「ああそうだ。我が父が大変失礼な事をした。私からも二度と君達に手を出さないように言っておくよ。本当に申し訳ない」

振り返り頭を下げる貴族の人。もしかして辺境伯の息子さんだったの？

言葉が出ない私達を尻目に、「エプロンがとても良く似合っている。また来るよ」と言って宿屋から出ていった。

実はそんなに悪い人じゃなかったのかな？　でも妾《めかけ》がどうとかって話の印象が強すぎて苦手なのは変わらない。なるべく会いたくない人だ。

「ミナさん、大丈夫？」

「ありがとう、ユキさん」

平静を装《よそお》ってはいるけど、ユキさんの足は震えている。

勇気を振り絞って助けに来てくれたんだ。本当にいい子だなぁ。

「貴族と知り合いだったのか？」

「いえ、以前キノコの事でちょっと絡まれまして」

「ピエリ茸の件かぁ」

常連の人は覚えていたらしい。

「まさか、あの貴族のキノコを収穫してみろなんて言われてないだろうね？」

「さあさあ！　くだらない事を言ってないで、後がつかえているからね！　食事が済んだら金置いて出ていきな！」

食堂に奥さんの声が響く。

「ひでぇな。もう少しお嬢さん達と一緒にいたいのに」

「うちはそういう店じゃないからね！」

不満を言う男性客を叱りつけている奥さん。そんな中、お客さんの声がかかる。

「ミナちゃーん！　こっちにきて一緒に飲もうよー！」

私はお酒は飲めないよ。

「俺はユキの方が好みだ」

あのお客さんはどさくさに紛れて何を言っているのかな？

「飯を食ったらとっとと出ていけ！　ミナとユキは誰にもやらん！」

おじさん、お父さんみたいな事を言っている。

その日は仕込み以上に料理が出て、すぐ作れるものを準備したりして遅くまで忙しかった。

片付けが終わって、部屋に戻ってユキさんとお話をする。

「今日は忙しかったけど楽しかったね」

「はい。とても楽しかったです」

「明日はどうしよう？　何かおじさん達に迷惑をかけちゃっているみたいだし、部屋でスキルの特訓でもしようか？」

「そうですね。その上でおじさん達に聞いて迷惑じゃなければお手伝い、でどうでしょうか？」

「うん。そうしよう。よく考えたらユキさんのスキルは部屋で練習し難いよね」

それからは今後の事も話し合う。

「辺境伯の事でもいっぱい迷惑をかけちゃったね」

「ミナさんは私の恩人ですから、これでお相子ですよ。これからも一緒に沢山冒険しましょう」

「ありがとうね」

「ミナさんはこれから何をしたいですか？」

「そうだね……もっとこの世界について知りたいな」

私は一人でこの世界で生きていこうって決めて冒険者になった。でも始めから一人じゃなかったんだ。アウレリア様はギフトをくれてずっと見守っていた。冒険者になった時もイクスさんにサポートしてもらったし、ダキアさんとアリソンさんにアドバイスを貰った。ルーティアさんにもピンチを助けてもらった。穴熊亭のおじさんも奥さんも家族同然に扱ってくれたし、クロウさんも最終的には必死に私を守ろうとしてくれた。ミルドさんだって私の知らないところで護《まも》ってくれていたんだ。

「パーティを組むのはもっと強くなってからの予定だったけど、ユキさんに会えて……いきなりトラブルに巻き込んじゃって迷惑をかけちゃったけどね」

ユキさんとの出会いも私にとって大切なものになった。初めは護《まも》ってあげなくちゃって思っていたけど、護《まも》られたのは私の方。辺境伯の屋敷から脱出した時も、私一人じゃ絶対助からなかった。

本当に頼りになる仲間ばかり。人の繋がりが私にとって最高の幸運だったんだ。

「冒険をしよう！　これからも一緒にいろんなところに行っていろんな人に会って、この世界を楽しもう！」

「はい！　これからよろしくお願いします！」

笑顔で答えてくれるユキさん。これからもよろしくね！

この作品に対する皆様のご意見・ご感想をお待ちしております。
おハガキ・お手紙は以下の宛先にお送りください。

【宛先】
〒 150-6008 東京都渋谷区恵比寿 4-20-3 恵比寿ｶﾞｰﾃﾞﾝﾌﾟﾚｲｽﾀﾜｰ 8F
（株）アルファポリス　書籍感想係

メールフォームでのご意見・ご感想は右のＱＲコードから、
あるいは以下のワードで検索をかけてください。

アルファポリス　書籍の感想　検索

ご感想はこちらから

本書は、「アルファポリス」（https://www.alphapolis.co.jp/）に掲載されていたものを、
改稿のうえ、書籍化したものです。

転生少女《てんせいしょうじょ》、運《うん》の良《よ》さだけで生《い》き抜《ぬ》きます！

足助右禄（あすけ うろく）

2020年　7月　5日初版発行

編集－反田理美
編集長－太田鉄平
発行者－梶本雄介
発行所－株式会社アルファポリス
〒150-6008 東京都渋谷区恵比寿4-20-3 恵比寿ｶﾞｰﾃﾞﾝﾌﾟﾚｲｽﾀﾜｰ8F
TEL 03-6277-1601（営業）　03-6277-1602（編集）
URL https://www.alphapolis.co.jp/
発売元－株式会社星雲社（共同出版社・流通責任出版社）
〒112-0005東京都文京区水道1-3-30
TEL 03-3868-3275
装丁・本文イラスト－黒裄
装丁デザイン－AFTERGLOW
（レーベルフォーマットデザイン—ansyyqdesign）
印刷－図書印刷株式会社

価格はカバーに表示されてあります。
落丁乱丁の場合はアルファポリスまでご連絡ください。
送料は小社負担でお取り替えします。

ISBN 978-4-434-27456-5　C0093